我が人生の歩み

加藤真一

幼少期・現在

生後３ヶ月

生後 10 ヶ月

生後 768 ヶ月歳

満３歳　～教員社宅～

教員時代

28歳
教師生活スタート！

◀三市一町に藤沢・鎌倉・茅ヶ崎・寒川から110分会が集まる
1998.5.20

クラス担任

お盆や正月に帰省

紅のウエディングドレス
1980.3.28

結婚式を祝う会　和田家の人々
1980.3

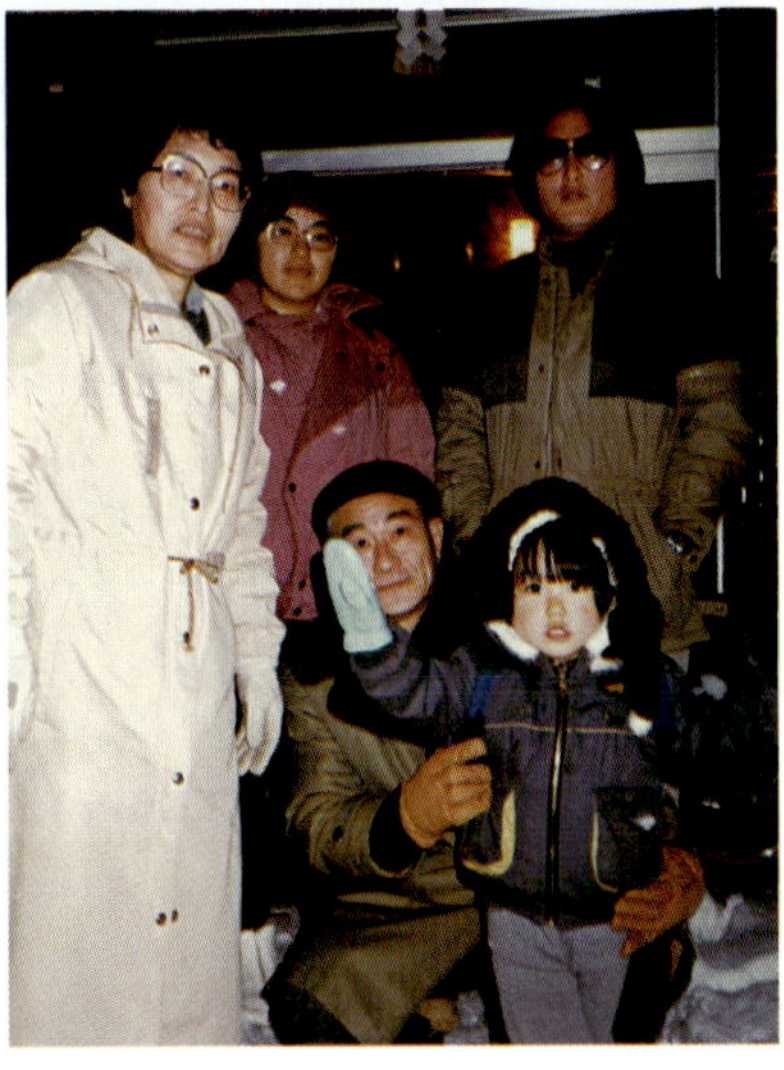

邂逅 ～かいこう～

目次

第二の人生

目次

はじめに

今年の一月は、二人の盟友の訃報から始まった。一人は写真家の桜庭文男さん、もう一人は教員仲間であった阿部忠さんだ。

二人とも私にとっては、肝胆相照らす盟友だったので、二人の逝去は骨身に応えた。人生八十年から一〇〇年まで寿命が延びたというのに、それはあくまで一般論であり、個人の人生には当てはまらないことを痛感した。

人の死は、いつやって来るのか判らない。杜甫の詩「人生七十古来稀なり」を過ぎて三年目、自分の人生を振り返ってみようと思うようになった。そんな気持ちになっていた矢先にイズミヤ出版の泉谷好子さんから「そろそろ本を出さない?」の電話が入った。

これまで新聞への投稿や秋田魁新報「月曜論壇」の記事を中心に我が生涯の七十三年間を体力・気力が充実しているうちに書いてみようと思ったのが、この「我が人生の歩み」である。

生い立ち

誕生と北磯小

一九五〇（昭和二十五）年十月七日、土崎港本山町で生まれる。母の実家が秋田銀行役員であった祖父の家が土崎にあったからだ。その後、両親が教員を勤めていた男鹿市立北磯小・中学校のある入道岬の民家に転居後、学校近くの教員住宅へ引っ越す。当時、北磯小・中学校は僻地校であり、教員向けの住宅を建てる必要があったからである。畠地区と西黒沢地区の中間にあった学校の周囲には、農家が一軒あっただけで、あとは三軒の教員住宅だけである。

私の記憶では、小学校一年生から中学校二年生までこの教員住宅で暮らしたことになる。住宅の前が広い校庭で、土手には大きな桜の木があり満開の桜の下で花見をしたり、学校の裏山にあった天神山に登ったり、学校の下はすぐ岩肌の海岸になっていたので釣り、素潜りと遊ぶには最高の自然環境にあった。

冬は山スキー、針金を輪にした仕掛けの野ウサギ、雉子を狙った狩猟は、罠を見に行く時のスリルと高揚感は今も甦ってくる。

夏休みの自由研究

小学三年生の夏休みの自由研究は、母親がヒヨコ五羽を買ってきて、ヒヨコの世話をしながら観測日記を書くというものだった。

餌を与えながら五羽のヒヨコの成長を絵日記に書き、夏休みが終わっても一羽ずつに名前を付けてヒヨコ飼育が日課となった。

ヒヨコが鶏鳥になり、初めて卵を生んだ時の感動は今もはっきり覚えている。五羽のヒヨコにもそれぞれ個性があり卵を生む順番にも早生《わせ》と奥手があることも分かった。

夏休みになると北磯小・中学校が会場となり市内の児童生徒が集まり、臨海学校が開催された。父親が音楽教師であったこともあり、ステージで指揮を振る姿が瞼に残ってる。古い木造校舎に響いていたセミの鳴き声と児童生徒の歌声は今も聞こえてくることがある。

学校の下が海だったので、夏休みはほとんど毎日海で遊び、素潜りで取ったサザエを岩場で焼いて食べる味は、何と美味であったことか。

小学校四年生の入院生活

小学校四年生の夏休みを終えた頃に原因不明の嘔吐が続き、黄疸症状が出て男鹿市立病院に入院することになった。母親はこの時、「この子は黄疸で亡くなるかも……」と覚悟をしたらしい。病名はビールス性肝炎であった。ガリガリに痩せた身体は、毎日の点滴で回復して、ほぼ三ヶ月の入院生活だった。

私の生涯で入院生活は、この一回である。それまで教育ママであった母親は、この入院を機に私に「勉強しろ！」とは一切言わなくなった。「とにかく生きてくれるだけで良い」と痛切に感じたようである。

五年生の時、母親が脊髄カリエスの疑いで秋田市の日本赤十字病院に入院することになった。それも結核による悪性の可能性があり、隔離病棟である。父親が隣りの戸賀小学校で勤務していたので私と妹も戸賀小へ転校することになり、初めての転校を味わう。半年間の転校だったが北磯小を離れることは寂しい限りだった。幸い母親の病気は普通の腰痛が悪化したものとわかり、半年で帰宅することが出来た。

広島原爆の日

その母親のことで忘れられない事がある。

八月六日の広島原爆の日の午前八時十五分と八月九日の長崎原爆の日の午前十一時二分には平和記念式典を中継する。テレビの前に正座して黙祷をさせられた。広島に住んでいた叔父が被爆したこともあり、「原爆だけは許せない！」と一分間の黙祷を強いられた。以後、それは中学・高校になっても私の夏休み中の恒例行事となった。

その母親は教員退職後にシアトルにいる友人（「戦争花嫁」として渡米した日本人）を訪ねて全米を旅行した際に、ホワイト・ハウス前で日本語で「原爆は許さない！」と反戦デモに加わり訴えたことを帰国後に聞かされた。

一九二六（大正十五）年生まれの母親の青春は戦争一色だったことが、母親にそのような行動を取らせたと言える。

北磯中学校

北磯中学校で忘れられないことの一つに、第一回の東京オリンピック（一九六四年）大会で男子体操で金メダルを取った秋田市出身の遠藤幸雄選手が金メダルを下げて講演に来てくれたことである。そして講演の後に、古い木造校舎の体育館ですっくと伸びた美しい倒立を見せてくれた。私が中二の秋であった。

中学三年生で北浦中へ

中三の春に両親の転勤により八年間通った北磯小中学校から隣り町の北浦中学校に転校することになった。八年間一緒だったクラスメートと離れることはつらいことだった。住み慣れた教員住宅を去る前日、学校の裏山にある天神山に登った。頂上には小さなお堂がありこれから進む自分の人生を導いてくれるよう手を合わせた。

北浦はハタハタ漁の町。そして母方の本家である古仲家、現在の当主で三十七代目の古い家柄である。ルーツを辿ると平泉藤原三代の清衡に繋がる。代々の当主に清衡の「清」の一文字を用いている。藤沢に住んでいる頃に、逗子に暮らす鳥海さんという会社役員に会った時、私のルーツは平泉で、今も鶴岡八幡宮の鳥居をくぐってはならない家訓がある」と言われたことがあった。後で調べるとこの鳥海家も清衡一族の家系であることが判った。

高校受験を控えた中三での転校は、何かと不安も多かった。北磯小中学校では一クラスだったが、北浦中では四クラスとなりライバルも一気に増えた。またYという番長も自分のクラスにいて、度々私は部屋に呼ばれた。「オレとヤルか?」と脅されたが、不思議と私には愛想が良く、相撲の相手となった。北浦中の還暦の同期会でYと一緒になったが、彼は神奈川県の柔道連盟の理事となっていた。

岡先生との出会い

進学先をどこにするのか迷っている夏休みに秋田南高の生物教師、岡睦夫先生が男鹿の海に調査に来ていた。岡先生は私の父親の秋田師範の先輩であった。岡先生から「私は今秋田南高校という新しい高校にいるが、ぜひ南高に来て新しい歴史を作ってくれ!」とスカウトされた。この時点で進学先は秋田南高校と志望先は決まった。

秋田南高校へ入学

男女共学の新しい南高の五期生として入学した私は、母の土崎の実家から通うことになった。総じて南高の先生たちは「秋田高校と同格の高校づくり」をめざして熱く授業をしていたように思う。

特に生物の岡睦夫先生の授業は厳しかった。必ず「その答えの根拠は?」となぜその答えを出したかの理由を求められた。生物の授業では、カエルの解剖実験があり、私の班の女子が泣きながら実験していた。現代国語はお茶の水大学を卒業して間もない女性の古屋先生。授業で短い作文を書かせられて、私の作文が最後に読まれて褒められたことがあった。高校生活ではあまり褒められたことがなかっただけに強く印象に残っている。

南高野球部

私は部活に入って何かをする訳でもなく、勉強に専念していた訳でもなかった。ただクラスメートの野球部員のやる試合には必ず応援に駆けつけた。南高が初めて秋田市内リーグで優勝した時の感動は今も忘れない。野球部の監督が一年生の時のクラス担任だった。宮本栄先生だった。早大出身でワセダ野球を神髄としていた。

三年生では隣りの席に座っていた熊谷隆益君が投手をしており、夏の甲子園大会秋田大会では準決勝まで進んだ。当時は一人の投手が最後まで投げ抜くのが普通であった。周囲の勝ち進む声に押される一方、熊谷の肩は悲鳴をあげていた。あと一歩で甲子園が実現しなかった彼は、卒業アルバムに「甲子園は夢だった！」と記した。その後、熊谷は東京教育大（＝現筑波大）に進学し野球をやり続けた。

高校教師になり母校の秋田南高の野球部監督となり、甲子園をめざし県予選の決勝まで進んだが、甲子園出場は叶わなかった。

熊谷が秋田商業の校長になった時に甲子園大会出場が決まり、対北海道代表の北照戦に私も甲子園に駆けつけ一緒に応援をした。

文系か理系か

南高では二年から三年に進むのに文系か理系かの選択がある。二年生で理系を選んだが、三年に進む時は、ほとほと迷った。自分はどっちに向いているか判断がつかなかった。これからの世の中は理系社会という風潮もありそれに乗っかってはみたものの、理数教科が得意だった訳でもないので担任には、「理系にします！」と告げた翌日には「文系に変えます！」と言い換えるなど三回ほど担任に繰り返したので、最後に担任が「加藤は文系だ！」と断定口調で決めたので自分でも納得した。

三年生のＤ組は成績優秀な文系組で二年生までとは違った雰囲気があり、大学受験の話題が多かった。国立か私立か、私は私立の文系を選んだ。

東大安田講堂事件

三年生の一月十八日に東大安田講堂事件があった。全学共闘会議および新左翼の学生が東大安田講堂を占拠していたが、大学から依頼を受けた警視庁が約八千五百人もの機動隊を導入して封鎖を解除した事件である。大学自治と機動隊導入の狭間で苦悩する加藤一郎総長代行の表情が深く印象に残っている。

東大入試中止

高三の自分は大学へ行こうと思っているのに、大学側は「大学解体」と叫び、「学問の自由とは何か」を問い質している。私の関心は受験勉強から全国各地で起きている大学紛争に移っていった。そして一九六九（昭和四十四）年三月に文部省が大学側の意向を無視して、一九六九年度の東大入試中止を発表する。学生運動の激化を理由に入試が中止になるのは東京大学の歴史上初めてであっただけでなく、日本の大学史上空前絶後のことであった。自分は大学に行くべきか辞めるべきかを問う日々が続いた。高一まで一緒だった静岡へ転校した佐藤正信君に手紙を出して意見を交わした。佐藤君の判断は、「大学には行かず、社会に出て働く」というものだった。

私は思い悩んだ末「とにかく大学へ行ってみよう！」と決断した。バリケードで塞がれた通用門をくぐって入試に臨んだ。キャンパスから響く「受験中の君たちへ告ぐ！」の全共闘学生の声を聞きながら入試問題に向かう心境は実に複雑なものだった。

上智大学に入る

一九七一（昭和四十六）年、私は東京四ツ谷にある上智大学法学部に入学する。これは私のスポンサーである母親の意向が強く働いている。大学紛争で荒れている東京の大学へ進むにあたって、母親が出した条件が二つあった。一つはマスプロ大学でなく少人数の大学であること、二つめはアパート住まいでなく、民間の下宿住まいであること。これは小学校教師だった母親の上司である校長の息子さんが六十年安保に猛進して挫折。鉄道自殺を図ったことが誘因している。

母親は私を「あなたの気質では必ず学生運動に走る」と決めつけていた。働きながら大学へ通うという道は、私にはハードルが高かったので、東京杉並の〝おばさん下宿〟から四ツ谷の少人数教育の上智大学に通うことになった。

初めて上智大学へ行った時、大学を囲む土手が懐かしかった。小・中と通った北磯小・中学校にも土手があったからである。その土手には桜と松の木があってグラウンドを挟んで迎賓館がのぞむ。上智大学のある紀尾井町は徳川御三家のうち紀伊、尾張の両家と井伊家の屋敷があったため、明治になって三家の一字ずつ取ってこの町名となった。外堀の名残をとどめるほか、清水谷公園、ホテルニューオータニ、文藝春秋社などがある。

大学の隣りには、北大路魯山人の食と美の世界に心酔した先代福田マチが創業した紀尾井町福田家がある。高級な日本料理店の隣りに大学があるのは上智大学くらいである。

田中角栄と福田赳夫によって日本の政治の長期に亘った激しい政治・権力のあった「角福戦争」の時は、この福田家の前に黒塗りの車が何台も止まっていた。

清水谷公園は、「べ平運」による集会がよく開催された。私も大学の帰りによく集会に参加して作家の大江健三郎さんの集会アピールを聞いたのもここが初めてであった。

上智大学も大学紛争の只中にあって講義中にヘルメット学生がなだれ込んで来て講義は中止することが度々だった。

そんな中でも熱心に学んだのは、佐藤功の「憲法」、花見忠「労働法」、学長ピタウ「政治思想史」、小田中聡樹「刑事訴訟法」そして、哲学者鶴見俊輔の姉である鶴見和子「国際政治」はいつも和服姿の講義なので強く印象に残っている。

鶴見先生は「きものは魂のよりどころ」と言うほど和服を愛した人だった。

ベトナム戦争

ベトナム戦争は米国が一九五四（昭和二十九）年のジュネーブ協定で取り決められてベトナム南北統一の実現を妨害して南ベトナムに干渉し、傀儡《かいらい》政権（米政府の意のままになる政府）を樹立して、解放勢力を掃討し北ベトナム政府を屈服させるために南北ベトナムで進めた侵略戦争である。中学校の廊下の壁に貼ってあった火だるまになって抗議する僧侶の一枚の写真のニュースは衝撃的だった。

大学に入り小田実や久野収さんたちの、べ平連（ベトナムに平和を！の市民連合）のデモに加わり戦争終結を呼び掛けてきた。ただ内心ではあの軍事大国・米国にベトコンは勝てるのか半信半疑であった。一九七三（昭和四十八）年にベトナムの民族自決権を認め、米軍撤退を取り決めたパリ協定が締結されて米軍が撤退。一九七五（昭和五十）年四月三十日に米国が全面的に支援したサイゴン政権も崩壊して戦争は終了。ベトナムは完全独立を達成した。この日、べ平運はベトナムの完全勝利を祝ってデモをした。このデモのスローガンは「祝え！　ベトナム、そして韓国」だった。このデモに加わり、私は「歴史は変わる」・「正義は勝つ」ことを実感した。

その後、ベトナムを訪ねる機会があり、私が真っ先に向かったのはサイゴンにある統一会堂（旧南ベトナム政権の大統領官邸）だ。最後の米国ヘリが飛び去った場所である。そしてもう一つはベトコンが掘った穴の道を自分もくぐり抜けてみた。狭い穴であった。

作家で加賀乙彦＝本名小木貞孝の「犯戦心理学」は特に面白かった。小木先生は、講義後もキャンパスで「モノを書く視点」など談笑に応じてくれる気さくな先生であった。

大学の講義の後は、小田実の市民講座や、ベ平連（ベトナムに平和を市民連合）の集会に足繁く通った。ここでは哲学者の久野収さんや評論家・小沢遼子さんと一緒に語り合いながらデモ行進をした。戦時中「反戦！」を唱えて牢獄に入ったことのある久野さんの南京虫に喰われて眠れなかった話は忘れられない。

当時七十歳代だった久野さんが運動靴を履いて「加藤君、人生は"go with whisle"＝口笛を吹いて行こうだよ」と笑顔で語ったことは今でも私の支えとなっている。

夜は東大助手の守井純さんの自主講座「公害原論」を聞くために本郷にある東大工学部の特別教室へ通った。この教室は市民に開かれたもので水俣病の患者、川本三郎さんの報告や社会主義者の荒畑塞村さんの話を聞くことが出来た。母親は「アルバイトするなら、その分勉強にあてろ！」というタイプでほとんどアルバイトすることなく大学生活を満喫することは幸せだったように思う。

大学キャンパスでは、当時の学食には珍しく、寿司コーナーがあり、低料金で寿司をよく食べた。タレントや芸能人も多い上智では、アグネスチャンや南沙織とすれ違うことも度々であった。ミッション・スクールなので聖イグナチオ教会の鐘の音が鳴り響いていた。

中年御三家

大学四年生の時、ワセダ三羽カラスと称された〝野坂昭如・小沢昭一・永六輔〟の花の中年御三家が人気を博していた。司会が中山千夏と愛川欽也で東京でこの三人のオンステージがあり、私は舞台のすぐ近くで観ていた。

三人ともユニークなキャラクターでそれぞれ社会にモノ申す姿に興味があった。早稲田の反骨と在野精神がこの三人にはあった。その中の一人、野坂昭如が参議院議員選挙に出ることになり、私は学生部隊として参加した。主な役割はイラストレーターの和田誠の作ったワッペンを支持者に配布することだった。選挙期間中は雨天が多く、選挙カーの運転手は愛川欽也、事務所には伊丹十三がよく顔を出していた。結果は善戦するも一歩当選に届かず涙を飲んだ。

一九八三年野坂さんは新潟三区から立候補して、直前にロッキード事件で実刑判決を受けた田中角栄首相の「金権政治」を批判して行動したがあえなく落選した。

就職三要素

大学四年の秋に、大学を出てからどうするのか身の振り方を真剣に考えるようになった。同期の多くは、いわゆるリクルートルックに変身して就職活動をしていたが、「いちご白書」映画ではないが、反体制を掲げて長く伸ばした長髪をバッサリ切って就職活動に専念するのには抵抗があった。

そこで伊豆高原に暮らす久野収さんに就職について相談することにした。先生は就職三要素を提案した。①経済度、②安定度、そして日本社会では一番難しい③自由度である。民間会社なら①②は保証されるが③は極めて困難である。久野収の就職三要素を念頭に入れながら、今後の行先を思案した。

革新ベルト地帯

大学四年間で学んだことを活かしながら働くことは出来ないものか。一つは東大から上智に来て講義をしていた篠原一先生の「地方自治論」である。特に七十年代、神奈川革新ベルト地帯といわれるほど、川崎、横浜、藤沢、鎌倉には革新市長が誕生していた。篠原先生は、これら革新自治体のブレーンであった。

先生に「どこが一番面白い自治体ですか？」と尋ねたら「それなら藤沢市だね！」と返事があった。藤沢市には若くてバイタリティのある葉山峻市長が「市民参加」と「住民自治」のユニークな街づくりをしているというのが理由だった。

ルソーの「エミール」

さて、どのようにして藤沢市に潜り込むか。両親が教師だったこともあり、授業の合間に読んだルソーの「エミール」が深く頭に残っていた。特にルソーの「消極的教育論」が気に入っていた。子どもの教育に対して、大人があれこれと口を出すのではなく子ども自身が自発的に行動して、大人はあくまでもそれを補助する存在であるべきという考え方である。さらにルソーは子どもは大人でないことを主張して、大人と違った固有の発達を遂げることのできる独自な存在価値を有するものと考え、子どもと人間の一員として明快に位置づけている。

玉川の通信教育

小学校教師になろうと決意はしたものの、法学部では教職課程も取ってないので、玉川大学の通信教育を取ることにした。玉川大学では夏休みにスクーリングがあり、大きな講堂で創設者で学長の小原國芳氏の講話を聞く機会があった。講話を終えた帰り際に私の前で足を止めて、やや長髪の私の髪に手を触れてニコッと笑ったのである。あれは、どういう意味だったか。今も記憶に残っている。

教員時代

九月に採用される

一九七七年七月に神奈川県教育採用試験を受けて、八月に採用通知の電話が入った。面接場所は藤沢にある湘南三浦教育事務所で面接官と会った。当時、神奈川では九月採用が若干名あり、私はその一人であった。面接官は「君は藤沢市内の小学校が希望だね。法学部出身だから藤沢教育長の前で宣誓文を代表で読んでもらう」と言った。この面接官であった山口博さんは、葉山峻藤沢市長のブレーンで、湘南教職員組合の書記長から藤沢市教育委員会に移籍した人物である。

善行小学校へ赴任

この年の九月に藤沢市立善行小学校へ赴任することになった。善行小は緑と団地に囲まれた学校で一学年が五クラスあった。六会駅から十分ほどの所にある西部医院の二階に部屋を借りて、そこから通うことになった。

主任制度

初めての給料日にびっくりするような光景を目にする。ベテラン教員の数人が、校長の机の上に五千円を置いて、校長は「受け取れない」の押し問答。これは文部省がベテラン教師を主任にして五千円を手当として支給。これに教員は全て平等・対等であり主任制度は反対の組合員が手当返還の行動だった。日教組が全国的に展開していた主任制度反対の行動である。これは五千円手当拠出運動として組合がプールすることとなった。

大学では市民運動に関わっていたが、いわゆる日教組運動は初めての体験となった。

特に神奈川県は全国から労働者を集っており官公労はもちろん民間労組も組合が強い所である。神奈川革新ベルト地帯の発祥はこの強い労働組合から来ている。

日教組とは

日教組とは正式名は「日本教職員組合」と言い、日本の公立小・中・高等学校の教員・学校職員による労働組合の連合体である。

一九四七（昭和二十二）年に設立。戦前の反省に立ち〝教え子を再び戦場に送るな！〟をスローガンに教育に民主化と研究の自由を獲得すること、平和と自由とを愛する民主国家の建設のため団結すること、そのために経済的・社会的地位を確立することを目的に結成された。

特に「日の丸・君が代」の強制する自民党とは鋭く対立して、全国的なたたかいとなった。

日教組の全国大会には右翼の街宣車が会場を取り囲み「日教組、粉砕！」を叫び、妨害行動に出るのはニュース報道され、とりわけ安倍晋三首相は、日教組を敵視して攻撃の急先鋒だった。

神奈川県教組は県下、横浜、川崎、相模原、中区、湘南、三浦、西湘の七つの地域教組の連合体である。全国の中でも組織率は高く日教組委員長を多く輩出している。私の所属した湘南教組は藤沢、鎌倉、茅ヶ崎、寒川の三市一町で構成され約三千人が組合員だ。

九月採用の私はすぐ加入して、一年後には全国教研＝全国教育研究集会の正会員として派遣された。

教室をアルタに

一九七八年四月には善行小学校の三年生の担任となった。小学校教員は全教科を教えることになっている。中・高校教員と違ってマルチ・タレントを求められる。当時、タモリが新宿アルタをスタジオにしたバラエティ番組が人気を集めていた。そこで二〇坪の教室をスタジオに見立てて国語・算数・理科・社会の授業を展開することにした。子供テレビ番組は三十分を基本に作製されている。四十分授業の組み立ては「話す＝十五分」・「聞く＝十五分」・「作業＝十五分」を心がけて授業構成した。

論語とＮＩＥ教育

黒板の上には福沢諭吉の「天は人の上に人を造らず」と大きく書いて貼り、朝と帰りの会では論語を紙に書いて「学びて時にこれを習う、亦説ばしからずや」、「朋あり遠方より来る、亦た楽しからずや」クラス全員での論語の素読は実に気持ちが良かった。子供たちの暗唱力はすごいものがあった。

新聞記事を活用したＮＩＥ教育も実践した。自分で新聞記事を切り抜いて、なぜ記事を切り抜いたか、それについてどう感じたかをクラスみんなの前で話す。高学年では鋭い意見、感想が出て、子供の感性の高さを実感した。日本人は発言が下手であるとの指摘もあるがＮＩＥ教育を小・中・高で継続してやると変わることは間違いないと思う。

「いじめ」対策

「いじめ」問題が学校で話題になっているが私の対策は帰りの会である。司会の子どもが「今日、イヤなことがあった人は？」と聞くと、何人かは必ず手を上げて「○○さんにいじわるされました」と話す。司会が「○○さん、どうしてですか？」に、すぐ「ごめんなさい」と謝るケースとそうでないケースがある。低学年はほとんどこれで納まるが、四・五・六年生になると発言しないこともある。

私は給食時に一人ひとりを観察することにしていた。いつも元気な子どもが下を向いている時は必ず何かがあった。子供は表情、態度に出る。それを見逃さないことである。それと高学年には一人ひとりに個人ノートを書かせた。それを読んで赤ペンで感想、返事を書く。これで教師と子供たちとのコミュニケーションはほぼ取れる。数十年前の卒業生が私に手紙や年賀状をくれる子どもとは、このノートの習慣が大きかった。ある卒業生から「先生は憲法を教える時の表情は実に楽しそうでしたね！」と言われ図星だった。特に大日本帝国憲法と日本国憲法の比較は十八番の授業であった。そして第九条と第二十五条基本的人権の条文は「この二つは特に大切なので覚えてほしい」と力説した。

担任として総じて心がけたことは、教室に入る時は笑顔と快活であること。たとえ体調が悪くてもこのことは貫いた。担任が暗い表情では教室全体が暗くなってしまうからだ。とりわけ小学校教師には心掛けてほしい。

和田紅との出逢い

三年生の同学年に一人若い女性が新採用で入ってきた。和田紅、後に私の配偶者になる女性である。東京生まれだが、喘息がひどく、小学校四年生の時に藤沢の鵠沼に転居してきた。父親は日本興業銀行の役員をしており、京都大を出たエリート銀行マンだった。

岳父からの助言

岳父とは一緒に食事をしながらいろんな事が話題になった。岳父の父親は台湾銀行の頭取を勤めた人物である。銀行マン一家なのだ。京大で学徒動員で応召、二等兵から出兵する。

当時、大学出身で二等兵からスタートした学徒はほとんどいなかった。「軍隊ではみんな一緒だ」が岳父の意見だった。そしてシベリアで終戦、シベリア抑留となる。極寒のシベリアで木材の伐採を強制労働させられた。

私はこのシベリア抑留の体験を市民セミナーで語ってもらうことにした。あの苛酷な体験を淡々と語る岳父にインテリの強さを感じた。

そして、もう一つ言われたことは、「退職してから趣味を見つけてやろうとは思わないことだ。四十代くらいから準備しておかないと身につかないことが多い」ということだった。

これは今の私の退職後に大きく影響している。

自前の結婚式

一九八〇年、三月に結婚式を挙げる。私はホテルでの派手な格式張った披露宴は抵抗があったので自前の三部構成の結婚式をした。これは相手方の和田家も同意してくれた。

第一部は、善行駅前のレストランで善行小の教員による会員制によるもの、第二部は、自分たちの親友を呼んでの三笠会館での食事会。第三部は遊行寺の諏訪神社での家族だけの神前結婚式である。新婚旅行は、結婚式後に東京へ一泊二日、夏休みにドイツ、オーストリアへ。なぜか紅の大学時代の二人の女性も加わっての旅となった。

長男・邦大の誕生

一九八二年二月十四日、長男邦大が誕生。

藤沢市の大庭にある吉川産婦人科医院に、十四日の明け方に紅の弟、一也君の車で向かう。吉川医師は、それまで東大病院に勤務していたが、独立して開業した医院である。邦大が誕生した十四日夜には、先生から「加藤さん、お祝いの一杯を飲りませんか?」と言われ祝宴となった。この家族的な雰囲気で生まれた邦大の将来が幸多きことを願った。

藤沢駅北口前の住宅に居を構えていたので小さい頃は北口広場に邦大を連れて遊ばせた。一人で遊んでいるのを見て駅を行き交う人が足を止めて「あら、可愛い!」と一緒に遊んでもらうことも度々あった。

鵠沼の祖父母宅

共働き家庭なので、妻の鵠沼の実家で面倒を見てもらうことが多かった。特に鵠沼の祖母には世話を掛けた。二人とも夜遅くなった時に、鵠沼の実家は安心して預けられるのが有り難かった。邦大は保育園帰り、小学校の放課後までこの鵠沼の実家が自分の家となった。

娘・佑子の誕生

昭和も終わりに近づいた一九八八年十二月三十一日の大晦日の朝、娘の佑子が誕生する。生まれたのは藤沢駅北口前の桜林産婦人科医院。

前日の夜、陣痛の予兆があり二人で歩いて医院に行く。病室に紅を置いて、吉野家で牛丼を食べて就寝して間もなく電話が入る。病院からで「無事出産です、女の子です」に安堵する。邦大に六歳下の妹が出来た。

藤沢保育園

佑子は藤沢駅まで十分程度の公立藤沢保育園に入る。ＪＲの駅から十分以内の保育園は全国でも珍しいと言われる。それだけ入園倍率は高く、人気があった。その保育園に突如、立ち退き騒動が起きた。近くの不動産屋が土地購入のため保育園の立ち退きを迫ったのである。

この話を聞きつけて、親同士が招集した。「立ち退き反対親の会」を結成して、藤沢市の担当者と数度にわたる公開交渉を重ねる。現在の保育園はこのままにして、市が不動産屋に代替え地を与えることを主張した。この時の母親たちの動きは素早かった。代表を決めて連絡網を作成し、交渉経過をその日の夜に流して情報共有を図る。私は事務局長になった。この全国でも珍しいＪＲ駅から十分の公立保育園は藤沢市民の財産であるとして強く藤沢市へ訴えた。

子供を預かる保育園を何としても守るという母親たちの熱い情熱と強い意思は、藤沢市側が不動産会社へ市の代替え地を提供することで結着。駅に一番近い公立保育園は守られたのである。

昆明と藤沢市

教員になって三年近く、一九八一年中国訪中することになった。藤沢市は中国雲南省昆明市と友好姉妹都市を結んでいる。きっかけは中華人民共和国の国歌〝義勇軍進行曲〟の作曲者、聶耳《ニエアル》が戦前、湘南の鵠沼海岸で水泳中に溺れて帰らぬ人となった。異国の地で生涯を終えた聶耳の死を悼み、藤沢市民が一九五四（昭和二十九）年に記念碑を建立した。その後、両市民の友好が深まり一九八一（昭和五十六）年に藤沢市と昆明市は友好都市提携を行った。現在も鵠沼海岸には聶耳記念碑が建っており、市民の厚意は中国の人たちを大変感動させ、聶耳の死という出来事が藤沢市と昆明市、そして日本と中国を強く結びつけることになった。両市との間では、文化・芸術・技術交流等が行われており、聶耳の終焉の地に建つ聶耳記念碑こそが、その友好のシンボルとなっている。

湘南教組・訪中団

日本では訪中する人々が少なかった時代、私は湘南教組訪中団の一員として昆明へ向かった。まだ直行便が飛んでなくて、香港経由のプロペラ機で昆明空港に降り立った。ほとんどの中国人がまだ人民服を着ており、警察の先導者に誘導されて歓迎会場へ。

会場の丸いテーブルをそれぞれ囲んで座った。中国語と日本語訳の友好スピーチのあとに懇談。私の隣りには人民服姿の中年女性が座り、お互いに紙に漢字で書いてコミュニケーションを図った。この時ほど漢字の有難さを感じたことはなかった。日中友好の宴の締めは全員によるインターナショナルの大合唱となった。私も隣りの中国女性と肩を組んで歌った。それまでは控え目の彼女が大きな声で力強く歌う姿に「この国は革命をした人民の国」を肌で実感した。カメラを首にかけて市内を遊覧していると、人民服姿の子供や大人が寄って来て「ニコン・ニコン!」と私のニコンのカメラに群がってくるほど、日本製カメラも日本人も珍しかった時代であった。

昆明の「石林」

特に印象深かったのは、昆明郊外にある「石林《せきりん》」である。この石林風景区の平均海抜は一七五〇メートルで、今は世界遺産に登録された石柱群が広がっている。約二億七千万年前、石林は海底にあり、その後地殻変動で石灰岩層が隆起して陸地となり地上から聳え立つ奇岩が森林に見えることから「石林」と名付けられた。「天下第一の奇観」とも言われ世界でも有名な雲南省の名勝地に数えられている。

山田宗睦さんのこと

この石林を見物した時に私の横で解説してくれたのが評論家で哲学者の山田宗睦さんである。山田さんは藤沢市民であり、戦後民主主義を否定する人物として三島由紀夫、江藤淳、石原慎太郎の各氏らを痛烈に批判し議論を呼んだ「危険な思想家」の著作を出している。また八月十五日には哲学者の鶴見俊輔氏と頭を丸めて「形として終戦の日に記憶に残す」意志表示したこともあった。二〇二四年六月に九十九歳で逝去。後年、この中国には、湘南教組の書記長として、訪中団長となり何度か訪ねることになる。

職場の民主化

最初の赴任校の善行小では「職場の民主化」を具体的に取り組むことになる。先ずは職員会議の前の運営委員会（企画会）を廃止する。これは主任制とも連動するが年輩の学年代表が集まり、職員会議の議題を検討してほぼ成案として出してくるので職員会議が諮問機関化する。一人ひとりが意見を交わして議決するのが本来の在り方である。職員一人ひとりの職員会議へ望む姿勢が全く違ってくる。二校目の本町小にはこの企画会がバッチリ機能しており、ある職員から「加藤さんが来てから職員会議が長くなり、それまでは丸付けをしながら聞いていたのが出来なくなった」と言われたこともあった。職員会議は管理職も含めて討論して結論を出す最高議決機関なのだ。

校内人事

次に学校の種々の仕事を教職員が分担し処理する校務分掌の決め方である。校長がワンマン型の学校ではこの分掌も校長が一人で決めている。職員側にはそれぞれの希望もあるので自分が望む分掌を枠だけ作成して自分の名前を記入する方式に切り換えた。これで同じ人間が同じ分掌に固定するのを避けられるし、種々の仕事を覚えることが出来る。

校長から指名されてやるのではなく、学校運営に自ら参画して仕事をするという意義が生まれてくる。これも「職場の民主化」の一つである。そしてこれは藤沢市内の学校でもほとんど実践されてなかった校内人事だ。学年構成を自分たちで決めることである。一般的には校長が希望票を取りまとめ、四月に発表する。この方式の問題点は、校長室が人事のブラックボックスになり、校長が気に入った職員の希望を優先しがちになるだけでなく、職員間に不信感を生じさせることである。

現に校長が学年人事を決定した時に、四月に発表するとある年輩の女性教員が「私はこの人事に反対です！」と目に涙を浮かべて反対することがあった。これを組合員が分会会議で一堂に会して学年人事を決める。ただし条件付きで①経験三年以内は最優先する②仲良し学年は作らない③十年以上の者はどの学年でも良しとする。この条件を入れて基本的に話し合いで調整する。出来上がった学年メンバー表を分会長が校長へ提出する。校長が希望、変更を求める場合は本人の納得が前提である。この学年人事の決め方には職員同士の横の連携が密であることが必要である。

この決め方に反対するのは、校長とうまくやりたいいわゆる「ヒラメ教師」である。

これには賛同する教師の仲間を増やすことと、公正・公平に学年人事をやることである。

私は善行小と本町小の二校で自分たちで学年人事を実践したが、結果として職員室の風通しが良くなり職場全体が明るくなることを実感している。

湘南教組、執行部へ

本町小では湘南教組の執行部を決める順番が回ってきた。執行部は各職場から候補者を出して各組合員の選挙で決定する。先ずは、各職場で「誰を出すか」の話し合いが行われる。本町小では私の名前も挙がったが、「加藤先生は分会に残るべし」と「執行部で頑張ってほしい」が二分し、夜遅くまでの話し合いで、「執行部行き」が決まった。

私は校長にも異議申し立てをすることも多かったが、湘南教組・執行部の原案に修正案を出す人間だった。「本町からあの加藤さんが来る」と身構えられたようである。湘南教組の定期大会は、いつも藤沢市民会館大ホールで行われ、二日間にわたって修正案が二〇〇本も出る熱い討論が繰り広げられた。三市一町の分会員が集まる。舌鋒鋭い論客が多かった。その語り口調から全共闘世代と覚しき人間が湘南教組には集っていた。中でも目立ったのは早稲田ＯＢである。

朝日ジャーナルの廃刊

全共闘運動が華やかなりし頃、学生が読んでいたのは「現代の眼」と「朝日ジャーナル」だった。

私はこの二誌に加え、総合雑誌「展望（筑摩書房刊）」と「世界（岩波書店）」を愛読していた。

その「朝日ジャーナル」は日本の古い週刊誌で一九五九年に創刊されたが、一九九二年に廃刊となった。

「朝日ジャーナル」が最盛期だったのは学生運動がピークだった一九六八年で平均部数は二十六万部。それが一九七〇年代に入ると学生運動は下火になり発行部数は激減、赤字続きとなり、一九九〇年代に入ってからは平均部数は六万部まで落ちて、廃刊となる。

「週刊金曜日」発刊

そこで私の師匠ともいえる哲学者の久野収、作家の石牟礼道子、井上ひさし、椎名誠の各氏と朝日新聞記者の本多勝一、ニュースキャスター筑紫哲也の六氏を編集員として一九九三年十一月五日に創刊したのが「週刊金曜日」である。「広告収入に頼らす、政権や大企業に忖度しないこと」を旗印にし、論調は「権力は腐敗する、絶対的権力は絶対に腐敗する」(ジョン・アクトンの言葉)という前提に立ち、「だから監視が必要であり、そのためにジャーナリズムは存在する」と主張する雑誌である。この「週刊金曜日」を支えるのは、一人ひとりの購読者であり、市民である。私は創刊に向けて神奈川読者会の立ち上げに参加した。横浜では「週刊金曜日」の創刊に向けて集会を開き、講師には編集委員の本多勝一さんを招いた。本多さんはかつらをかぶり、サングラス姿で登場。力強い文章とは異なり、控え目な語り口であった。私は学生時代に本多勝一さんの「作文教室講座」に応募して合格となり、直接講義を受けた体験があり、それ以来の再会であった。

この「週刊金曜日」の創刊にあたって、私は久野収さんから「加藤君、ぜひ君に覚えておいて欲しい人物がいる。今はまだ無名だが、この男は必ず売れて社会に影響をもたらす、私の一番弟子の佐高信だ」と言われた言葉が強く耳に残っていた。

辛口評論家・佐高信

佐高信さんは一九四五年山形県酒田市出身。慶応大学法学部を卒業して、山形県立庄内農業高校の教員となり組合運動に没頭するが、五年で高校教師も家庭も捨てて上京。業界誌「現代ビジョン」編集長を経て、評論家として独り立ちする。一時は、テレ朝「報道ステーション」、TBS「NEWS23」、NHKのコメンテーターとして常連だったが、世の中が右傾化するにつれ、辛口評論家としてテレビに出演する場面は少なくなる。

今はネットチャンネルで「3ジジ放談」、「佐高信の隠し味」で大好評だ。とにかく歯に衣着せぬ本質をズバリつく発言は佐高信の真骨頂である。

その佐高さんが「週刊金曜日」の社長になった時、「佐高信と歩く小沢一郎・原敬の故郷を訪ねる旅」を実施。秋田から宿となる鶯宿温泉へ向かう。ここでの出会いが佐高信さんとの最初となる。懇親会で佐高さんに久野収さんが語ったことを伝えると大喜びで私の手を握った。これを機に佐高さんとは親交を結ぶことになる。

長く連載していたサンデー毎日のコラム欄から佐高信さんが消えた時、すぐファックスで「外部からの圧力ではないか」と送ったら、早速返信があり、私の予想通りの結果だった。

〝高等遊民〟鈴木武彦

この旅で会ったもう一人の人物に鈴木武彦さんがいる。名刺の肩書は、世界映画社社長である。

「週刊金曜日」の愛読者ではないが、この旅に興味があって東京から参加した。食事の時に席が隣りだったこともあり、話の馬が合うのですぐ友人になれた。話題が豊富で、ウイットとユーモアがあり、何を生業にしているのかよく分からない人物、こういう人物を〝高等遊民〟と言うのだろう。

聞けば早大政経学部に三年掛かって入り、八年間在籍してヨコに出た。父親は東大医学部を卒業して朝日新聞に入社、朝日の労働組合の委員長になるが、電通「鬼の十則」を作成した四代目社長の吉田秀雄に誘われて電通の副社長として活躍する。そんな副社長の御曹司として育った鈴木武彦さんは一ドル三六〇円時代に世界漫遊。あらゆる分野の本は読み尽くしたと豪語する。

東京に行くと鈴木さんの暮らす高円寺駅の近くのレストランで延々と話し合い、帰りの電車はいつも最終電車となった。

「世界の100人」の桜井市長

鈴木さんのルーツは福島県相馬ということもあり、二〇一一年原発事故の直後にユーチューブで南相馬の被害の惨状を世界に発信して、タイム誌から二〇一一年に「世界で最も影響力のある100人」に選ばれた桜井勝延市長の選挙運動に東京から何度も足を運んだ。とにかく一緒にいて、鈴木さんとは飽きることはない。このような規格外で豪放磊落な〝高等遊民〟が一〇〇人いれば、日本は大きく変わるであろう。

石坂まさをとの出逢い

その鈴木さんの人脈は広い。その中の一人に作詞・作曲家の石坂まさをさんがいる。歌手の藤圭子さんの育ての親として知られ、『圭子の夢は夜ひらく』など多くのヒット曲を手掛けた。

その石坂さんに「私の友人に加藤さんという男がいて、NHKののど自慢予選に出て歌った唄が「街のサンドイッチマンだよ」と言ったら、「ぜひ、その加藤さんに会ってみたい！」というので鈴木さんと二人で東京五反田にある石坂さんのご自宅まで会いに行くことになった。

晩年の石坂さんはベッドに伏せており、ほとんど目は見えてない様子だった。それでも私の手を握りながら「街のサンドイッチマンは、私が売れなくて一番苦

ＮＨＫのど自慢予選会で歌う『街のサンドイッチマン』
2011.11.10

しい時に支えになった歌です」と教えてくれた。そして二枚の自分の作った歌のＣＤを記念に渡してくれた。鈴木さんは帰り道で「石坂まさをは新宿の娼婦の子として生まれ育った」と言い、『新宿の女』はじめ、石坂には新宿を歌った唄が多いのはそのためだ」と付け加えた。

真偽の程はよく分からないが、石坂さんには新宿が故郷だったことは間違いない。

一九六九年『新宿の女』を歌ってデビューした藤圭子さんは二〇一三年八月に新宿のマンションから飛び降り自殺して世を去った。享年六十二歳。

書記次長として執行部入り

一九九四年の役員選挙に、本町小から書記次長として立候補した。藤沢市民会館に全分会員が集まる中で所信表明演説をして審判をあおぐ。

これまでの攻撃的な人間が、執行部という受け身に回るというポジションチェンジにためらいがなかった訳ではない。ただ二十年間、職場でやってきたことを踏まえて執行部で活動することも教組運動一つであることには変わりはないと気持ちを切り換えた。革新の葉山藤沢市長を支えている湘南教組は、いわば与党である。藤沢市への予算要求交渉となると、市側からは教育長以下、部課長が並び、これに職場代表がズラリと並んで、各学校の要求を述べる。これは各学校の現場の声を直接届けるという直接民主主義のやり方である。おそらくこの行政と各学校の予算要求をこのスタイルで行っているのは藤沢市ぐらいであった。「和式トイレを洋式に切り換えてほしい」など現場の実態を踏まえた要望に行政側も具体的に回答する。執行部に入って分かったことは、書記次長というポストは、教育委員会の教務課・指導課・施設課との交渉の多いことだった。各学校から挙がってくる問題や要求を受け止め、話題を整理して委員会と交渉する。執行部一年目の年で時間を掛けたのは、男女別になっていた児童生徒名簿を男女混合名簿にすることだった。

ジェンダーフリーのさきがけとしての取り組みであった。竹村書記長と何度となく指導課に足を運んだ。また栗原委員長と一緒に葉山市長宅の庭でのパーティーに招かれることもあった。葉山市長は文化人とも広い交友があるので、後援会長の大島渚はじめ藤沢在宅の作家・文化人がよく顔を出していた。教員採用で面会した山口博教務課長も来ていたので、関係を聞くと葉山峻の選挙参謀であったことを知る。

藤沢市長選の敗北

一九七二（昭和四十七）年から六期二十四年間の市民参加を掲げた藤沢市長・葉山峻氏は国政参加を理由に一九九六年に降りることになった。私は執行部として、二年間葉山与党を体験することが出来た。

葉山市政の後継者として湘南中央病院の今井重信院長を擁立して市長選をたたかうことになった。事前の情勢としては今井院長が優勢だったが、投票日直前に相手側が「今井院長は東大医学部の左派過激派である」とのデマ情報を流して保守の山本捷雄氏が当選となった。

藤沢市長選は寒い二月であり、この日も朝から雪が降っており投票率の低さが懸念されて、執行部は組合員宅に投票行動の依頼の電話を掛けまくったが、今井院長の藤沢市長は実現しなかった。結果が出た夜、竹村書記長に呼ばれて「加藤さんと私はA級戦犯なので、何処に飛ばされるか覚悟をしておいて下さい」と告げられる。葉山二十四年間、革新市長の時は市庁舎に掲げられなかった「日の丸」が高々と上がり、葉山スタッフは一掃されるとの噂が聞こえてきた。

山本市長と会談

そんな中、湘南教組出身の日原通晴県議から「加藤さんに合わせたい人がいる」と一本の電話が入った。指定された居酒屋に行ってみると山本捷雄市長だった。私の顔をみるなり、山本市長の目元がピクピク動いた。「あの左ゴリゴリの日教組が来た」と思ったのだろう、しばし沈黙。私は自己紹介した後「市長が変わることで藤沢の小中の教育が変わることはないと考えてます」と単刀直入に斬り込んだ。山本市長は「私こそみなさんの協力を得て藤沢市政を進めたい」と返事があった。お互いにエールの交換をした。

書記局で栗原委員長から「加藤さん、来年の旗開きに山本市長の招待はどうする?」と尋ねられる。私は「呼びます!」と答えた。

市長が保守系であろうと藤沢市の公立小・中学校の行政の長は藤沢市長である。この市長とキッチリ向き合うこと、もし教育に介入してくるなら職場闘争を基軸に徹底してたたかうことを腹に据えていた。

旗開きと山本市長

旗開きが近くなって教務課長から「山本市長が湘南教組の旗開きに行くことを迷っている」との連絡が入る。たぶん山本市長は、旗開きの会場で「市長は帰れ！」「お前は何をするために来たのだ！」とヤジや罵声を恐れた様子だった。確かに各職場から参加する組合員には全共闘世代も多いし、ヤジ・罵倒する組合員がいるかも知れないが、私は課長に「大丈夫です！　心配しないで下さい」と促した。

旗開き当日、山本市長が姿を現したので私は来賓席に誘導して「市長、大丈夫ですから」と耳元で囁いた。私の中で一〇〇％ヤジが出ないという確信はなかったが、あとは組合員を信じるだけである。湘南教組はじめての保守系市長が壇上に上がっての挨拶であった。

やや緊張気味の挨拶だったが、会場からヤジ・罵声が出ることはなかった。

市民にビラをまく古橋市会議員
2019・1・17

賃金部長

執行部では書記次長の役職の他に賃金部長を命じられた。労働組合としては、労働者の基本給について定期的に増額することが、あらかじめ労働協約、就業規則等で定められているので県教委と確認交渉を行うものである。

人事院の国家公務員の給与改定の勧告を受けて、その年の春闘の賃上げ率を公務員に反映させる。九月に全分会長会議を開いて、その年の賃上げ状況を報告して今年の賃上げ要求や諸手当等の改善要求を確認する。その後、横浜の県庁に神教組の五地区＝相模原、湘南、三浦、中区、西湘教組が集結してデモ行進を行い要求交渉を重ねる。その夜は要求が妥結するまで各地区の賃金部長は県庁の一室で夜を明かす。徹夜交渉なので眠ることもなく、交渉経過に耳を傾ける。明け方に妥結するとタクシーで湘南教組に直行する。書記局には全執行部が待っており、妥結内容を確認して教組ニュースを印刷して各職場へ届ける。この夜の賃金交渉には書記長も同席するので私は七年間の執行部生活で五回体験することになった。

副委員長に昇任

長く湘南教組委員長を勤めた栗原定晟氏が退任して、竹村副委員長が委員長に昇格し、私は副委員長になった。

湘南教組は、鎌倉、藤沢、茅ヶ崎に組織出身の市議会議員を出している。藤沢では書記長を勤めていた古橋宏造氏を四十代で教員を辞めてもらい市議会議員に立候補し、教員を途中で辞めて立候補して落とす訳にはいかない。

書記局内に選挙専用の部屋を取り、支持者カード、地図作り等の作業にあたる。そのため選挙の年は執行部の仕事は倍になる。

組織出身議員を持つことは、藤沢市議会で教育予算要求はじめ学校現場の様々な要求を届ける大事な仕事なのである。幸い古橋さんを一度も落選することなく四期の市会議員活動を全うしてもらうことが出来た。

村山首相と土井議長

一九九四年、自民党・社会党・さきがけによる「自社さ政権」が誕生して、村山社会党委員長が首相になる。青天の霹靂だった。この年の八月六日、私は藤沢の小中学生を引き連れて広島の平和記念式典に参加した。平和式典は原爆死没者の霊を慰め、世界恒久平和を祈念するため遺族を始め、市民多数の参加のもとに挙行される。国からは村山富市首相と土井たか子衆議院議長が出席した。私はこのような首相と議長のツーショットはこれが最初で最後であるような気がした。

「平和展」に右翼

湘南教組は夏休みに向けて二度と戦争をおこさないための「平和展」を開催した。資料には中国侵略に関するものもあった。

この「平和展」に県内の右翼団体から抗議があり、会場や湘南教育会館に右翼の街宣カーが集結した。川崎の政友恒志会という右翼代表が執行部に申し入れに来たのである。

私は佐々木執行委員と二人で応待する役目となった。書記さんに「こんな時はお茶を出す訳にもいかないな」と半分冗談を言いながら二人の右翼代表と向き合った。一人が私たちに向かって紙に書いた抗議文を読み上げた。

「赤虫集団である日教組の貴様らは……」ではじまるやや時代がかった文章に違和感を覚えながら黙って聞いていた。見れば私より若い右翼が、「お前たちはどんな日本人をつくるのか！」と言うので「あなたたち以上の想いの日本人をつくるつもりだ」と切り換えした。しばらくやり取りがあったが、彼らが怒鳴るような場面は作らないようにした。最後に右翼の一人が「世界に恥じない日本人をつくって下さい」と言うので「もちろん、世界に通じる日本人を作りますよ！」と応じた。竹村委員長から命じられた「右翼が二度と来ないような対応をお願いします」を実現することが出来た。

阪神・淡路大震災

一九九五年一月、阪神・淡路大震災が発生する。死者六千四〇二名、全焼十万四千四人の大きな被害が出た。湘南教組からも一人ボランティア要員を派遣することとなった。また、学校が避難所になったことによる課題としては、体育館や教室などの施設が避難所として利用されたことや教職員が多忙を極めたことにより、学校再開の面で問題が生じた。全国の公立学校の九十二%が避難所になっており、そのうち九十%が小中学校となっている。

専従「書記長」となる

副委員長を二年間勤めた私に、竹村委員長から書記長の要請があった。この四年間は、執行業務でほとんど家族生活もままならぬ日々が続いていただけに即答は出来なかった。

しかも書記長は専従職であり教師生活は休業となり、給料も組合員の組合費から支給される。配偶者からは「やりたいならやれば?」と肯定的な返事があった。二人の子供たちには、「お父さんの給料は組合員の組合費から出ることになるので無駄使いはしないように」と諭した。副委員長時代は主に藤沢市内の業務に専念すればよかったが、湘南教組＝三市一町はもちろん、神教組の代表者会議に委員長と二人で出席して湘南教組の方針、意見を伝えることになる。神教組の執行部に対して、県下七地区教組の代表が集まる会議は激論を交わすことが多かった。神教組は横浜市西区の藤棚にあり、毎回長い坂を歩いていくので体調を図るバロメーターになった。

神教組・定期大会

神教組定期大会は組合数の人数によって代議員数が決まる。横浜・川崎は会場の半分を占めるが、湘南は僅か四十二代議員で修正案を通すには他地区との共闘が必要だった。湘南とほぼ同数の三浦半島教組（三教組）とは親和性があった。定期大会の最終日は、各地区の書記長の総括討論で締めくくる。この総括討論は、神教組ニュースに掲載されるので総括内容には草稿を練った。

この神教組定期大会の前には湘南教組の定期大会が実施される。藤沢市民会館の大ホールで二日間にわたって行われ、二日目には修正案の採決が諮られる。私が書記長の頃は、二百本近くの修正案が提出され、書記長が「受け入れ」「取り下げ」と判断を下して裁くことになる。ここで湘南教組の運動方針を確認して神教組大会にのぞむ。

神教組大会が終わると日教組定期大会へ進む。右翼の街宣カーが「日教組粉砕！」の大音響の中、東京千代田区一ツ橋にある日本教育会館に入る。神奈川は日教組執行部の原案に賛成の立場であり、北海道、広島からは原案に反対する意見や修正案が出される。私の記憶に残っているのは、神奈川のような高い組織率で活動しているのとは反対に、低い組織率で高い組合費を払って活動している県教組の発言は胸に響いた。そして全国から集った仲間と一緒に歌う組合歌『緑の山河』には力が入った。

「〽たたかい越えて　立ち上がる　緑の山河　雲晴れて」ではじまる緑の山河は、日教組が一九五一年『君が代』に代わる「新国歌」として公募・選定した国民歌である。日教組では

湘南・定期大会（竹村委員長、加藤書記長）
1998年5月20日

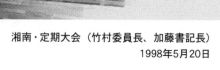

今でも定期大会の冒頭などにこの歌をうたっている。

辻元清美さんを講師に

書記長になってから学習会や記念式典で講師を呼ぶことが多かった。政治学習会では土井たか子の「山が動いた」でマドンナ旋風で衆議院議員になったピースボートの辻元清美さんに湘南に来て頂いた。藤沢駅まで出迎えに行き、駅前の蕎麦屋で昼食を食べながら打ち合わせ。大阪出身の辻元さんの話はわかり易く、テンポが良く組合員には好評だった。

記念講演会に筑紫哲也さん

湘南教組結成三〇周年には、朝日新聞記者、ＴＢＳの『NEWS23』キャスター筑紫哲也氏を呼ぶことが出来た。生番組を持ち多忙な筑紫氏を呼ぶことは難しかったが、筑紫さんとの電話でのやり取りで、私は書記長であると同時に『週刊金曜日』の創刊からの読者で、編集委員の筑紫さん同様、編集委員の久野収氏の弟子であることを告げると、筑紫さんは笑いながら「分かりました」と気持ちよく快諾してくれた。

新宿から藤沢まで小田急ロマンスカーで来て頂き、書記次長の吉住さんの車で会場に入る。筑紫さんの講演は、キャスターの語り口で政治からマスコミ論まで多岐にわたり会場は大いに盛り上がった。講演終了後、ヘビースモーカーの筑紫さんは舞台の袖でおいしそうに一服。「友人が来るので……」と誰かを待っている様子だった。何と舞台の袖に来たのは、鎌倉市長竹内謙氏、元朝日新聞の政治部長である。

そしてもう一人、前藤沢市長の葉山峻氏だった。三人は久々の再会らしく、鼎談を楽しんでいた。

湘南教組、湘南福利厚生会

湘南教組には、湘南福利厚生会がある。福利厚生制度とは雇用主が労働者やその家族の健康や生活を向上させるために実施する施策である。栗原前委員長がこの厚生会活動には特に力を入れて取り組んできた。この福利厚生会の主催で講演会を開催することになり講師に、『バカの壁』著者の養老孟司氏を予定していたが、担当者が要領を得ないらしく、栗原さんから私に電話が掛かってきた。養老氏は鎌倉在住なので自宅の住所を聞き、「駄目元」で自宅まで伺うことにした。養老氏の自宅は鎌倉市内のお墓の中にあった。アポ無しだったので、突然の訪問にやや驚いた様子だったが、飼っている猫が私の足元でじゃれるので「スミマセン……」と言いながら猫を抱きかかえながら要件を聞いて二つ返事で受けてくれた。

団長として中国へ

湘南教組では、夏休みに訪中団を結成して中国へ派遣している。書記長二年目の夏に団長として日中友好の架け橋として、北京、銀川、青海省を訪問することになった。北京はほとんど東京と変わらないが、少し地方へ行くと水やトイレが異なるので頑強な胃袋と環境変化への対応力が求められる。今回は私の在籍している本町小の元校長の中野晶子さん他数名が訪中団に加わり和やかな雰囲気の旅となった。表敬訪問先では、公式な挨拶と意見交流がある。この年は教科書問題が取り上げられた。教科書検定により高校の歴史教科書が中国、アジアへの「侵略」を「進出」と書き換えられたことには文部省に強く抗議して撤回を求めたことを強く主張した。この問題には中国側が歴史認識や解釈をめぐって厳しい態度で望んでいることを痛感する。

十日以上の訪中では、想定外のことも起きる。中国側の通訳と添乗を兼ねた女性が足を捻挫してツアー中、日本側の男性に背負われたまま添乗することになった。またドライバーが近道をすると言って河川敷を走っている途中、河原の石にタイヤがはまり、ツアーバスが動かなくなったことがあった。エンジンをふかしてもピクリとも動かない。何せ広い中国大陸である。当時は携帯、スマホもなく、連絡が取れないのでこのままでは遭難事故になりかねないと、私は全員で河原のはまった石を取り除くことを提案。一時間ほどでようやくバスが動いた時は、全員で拍手して万歳をした。

青海省は標高の高いチベット高原にあるので、昼は草

草原でラクダに乗っている

原に座り現地の若者が弾く馬頭琴に耳を傾けた。夜は草原に寝そべって満天の星を仰いだ。広いチベット高原ではラクダに乗り、太祖チンギス・ハーンになった気分で駆け回っていると、何と突然私の乗っていたラクダがへたり込んでしまった。これでは私がラクダを背負って出発点に戻らないといけないと焦ったが、別のラクダが来てくれたので、ラクダを背負わずに済んだことがあった。

「生活科」の教科書作り

私が執行部へ出た一九九四年に、朋友の阿部忠さんから教科書を作る話がきた。これまでの詰め込み教育からゆとり教育への転換して、個人のペースに合わせて授業を進めるという教育だ。教科内容と授業時間数を削減し、余った時間を教科の枠に縛られない総合的な学習にあてるというもの。一、二年生では「生活科」となり、この生活科の教科書を作るという話であった。

この生活科の教科書の発案者は、東京大学工学部システム工学が専門の西村肇教授である。きっかけは、東大でのクラス崩壊だった。朝八時半の授業で教室に行くと学生は一人も来ていない。九時頃にやっと五、六人来て教室の最後列に座る。前に来るように言っても来ない。そこで講義を始めて一生懸命板書をし振り向くと学生はいなかった。一九六八年の大学紛争後のしらけきった世代が、紛争前の講義のレベルを維持しようとする西村教授に見せた反応だった。この反省を踏まえ西村教授が考えたのは、「教師が教えたいことを教えるのではなく、学生が学びたいことを教える」。次に大事なのは「クラスを相手に授業することをやめ、一人ひとりを相手にする授業に変えた」ことである。

これを西村教授は「教えない教育」と言う。

そしてこのような教育は、小学校から始める必要があるとの観点から、一、二年の「生活科」の教科書づくりとなった。この視点で現場の教師と共同作業で教科書づくりをしたいということで阿部忠さんに依頼が来たのだ。

「生活科」に教科書が必要なのかどうかというそもそも論もあったが、西村教授の考えに共鳴した私たちは、早速仲間の教師を集めて公民館の一室を貸し切りにして缶詰状態で作業に入った。私の分担は「かぞくとのたび」で息子と娘を連れて男鹿の実家で体験した大晦日のナマハゲを題材にした単元と、「ひとのくらし」では、お父さんが保育園に子どもを迎えに行く所ではカメラを持って保育園に行き、そこで撮った写真をそのまま掲載した。

ナマハゲの写真は男鹿市に依頼して赤い面を被った迫力ある一枚を送ってもらった。

こうして出来た教科書の特徴は、実感をくぐらせる本物の学びを追求しているところにある。この本は学習活

ナマハゲの載っている教科書

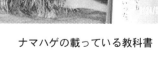

動の展開を記述してない。

教科書らしくない教科書である。実体験重視の生活科にはぴったりな教科書となった。

子どもが五感を十分に活かして身の回りのモノ・コト・ヒトの循環の事実を感動を持って実感できる内容の深い本であり、教師自身が子どもと一緒に驚きや発見を共有し、ともに感性と知性を豊かにする学びを拓くために生かしてほしいとの願いを込めた。文部省の検定が最後の関門だった。「なぜナマハゲを?」の検定官の質問に、私は「ナマハゲは怠け心を戒め、無病息災、田畑の実り、山の幸、海の幸をもたらす、年の節目にやってくる来訪神で、このナマハゲは古くは江戸時代から伝わる男鹿の伝統行事だからです」と切り換えした。

西村肇教授を代表執筆者として現場教師十八名で作られた教科書は、湘南地区で採択され、鎌倉・藤沢・茅ヶ崎・寒川町の三市一町の学校現場で使用された。全国では奈良教育大の附属小学校でも採択され高い評価を得た。

湘南教組への攻撃

私は一九九八年から二〇〇〇年という世紀をまたぐ書記長となった。フジサンケイグループが湘南教組を正論などで攻撃するのに合わせて、鎌倉市議の伊藤玲子が執拗なまでの組合への介入を強めてきた。「鎌倉の教員は、組合活動ばかりやっている」と根拠のない難癖である。

その背景には、文部省の調査で「日の丸、君が代」の実施率九八・八%となっているが、〇・〇二％は全国で湘南地区だけであったからだ。こちらは労使協定を踏まえて組合活動をしていたが「勤務時間内の組合活動は違法であるとして訴訟まで起こした。湘南教組が訴訟を起こされたのはこれが初めてである。日本は法治国家なので売られた喧嘩は買わねばならない。

難癖で始まった伊藤側の主張は退けられた。

一九九九年、二月二十八日に広島県立世羅高校の校長が卒業式前日に自殺するという事件が起きた。文部省や県教委などによる日の丸掲揚と君が代斉唱の強制が同校長を死に追いやった。校長宅には、自殺当日の直前まで県教委の担当者が訪問していた。このように文部省、県教委、自民党県議団、右翼が歩調を合わせて学校に日の丸・君が代を強制する異常な体制がとられていたのである。事件直後の三月二日、野中官房長官は、校長の自殺を逆手に取って、日の丸・君が代を法制化する方針を明らかにした。

国旗国歌法の成立

同年八月十三日、「国旗国歌法」が制定される。この法律では、付帯事項として「学校現場に強制するものではない」と記入されたが守られることはなかった。

広島の校長自殺事件と国旗国歌法の制定は社会的にも注目されて、湘南教組はどうするのか圧力が掛かってきた。分会長会議では「あくまでも断固争うべし！」から「組合員には不安が広がっている」まで様々な意見が出された。

日の丸・君が代で反対の実力行使に出た北海道・広島では職場が分断され、組合が一気に弱体化した。私の脳裏には「反対の意志を貫くのか」、「組織を守るのか」眠れない日々が続く。竹村委員長は「私たちは万歳突撃はしない」との判断。私は哲学者の鶴見俊輔氏の「剣道で小手を打たれた時は、一度竹刀を手離して、また握り直すことが大事である」という言葉を思い出していた。執行部としての方針は①三市一町の教委、校長会には児童生徒、および教職員と保護者には強制をしないと申し入れる、②神奈川新聞に日の丸・君が代を学校現場に強制はしない意見広告を掲載するとした。

卒業式の当日、書記局で各学校で混乱が生じないことを祈りつつ、身の裂ける想いで耐えていた。生涯で「一番長い一日」だった。ある組合員からは「加藤さんは世紀末、書記長だね」と揶揄されることもあった。

この年の五月の定期大会で七年間の執行部生活にピリオドを打った。

片瀬小学校へ異動

三校目の学校は、江ノ島のある片瀬小学校へ転任となった。久々の学級担任は二年生。素直な子どもたちを前に、教師の勘が戻り、「明日はこんな授業展開を！」と準備をして授業にのぞむ。

片瀬小は敷地が狭く、校庭の真ん中になぜか松の木が一本あり、周囲は墓地という不思議な環境にあった。海に近いので江ノ島の近くでのワカメ養殖、片瀬海岸でのサンドクラフト等、体験学習の面では豊かな学校であった。

教頭に昇任

二年目、片瀬小の教頭に任命される。山之口春美教頭が校長へ昇任、私がその後の教頭ポストに就いて、二人とも自校昇任である。山之口校長は、さわやかな人柄で、ジーンズの良く似合う湘南ガール。事務引継ぎもスムーズで上司としてはベストな相手だった。

教頭は朝、解錠して夜施錠するのが日課である。平均すると朝は七時半に入り、夜学校を出るのが九時、十時である。片瀬小は若い教師が多かったので帰宅時間に近くのコンビニから弁当を買ってきて、それから明日への準備に入る。日昼とは違って若い教師同士なのでのびのびと仕事をしている。しかし、教頭の一日の勤務時間は十四時間超というワースト職場なのだ。これは片瀬小に限ったことでなく、市内の教頭はほぼ同じだった。私としては、執行部時代も長時間労働だったので慣れてはいたが、明らかに労基法違反である。

この他に出張や休暇の教員のクラスの填補、学級崩壊が出た場合、その担任の指導や保護者説明会と業務は多岐にわたる。モンスターペアレントのほとんどが自己中心的な親である。すべて自分や自分の子ども中心で物事を考え、相手のことを考えようとしないといった特徴がある。このタイプの親は、年々増えているように感じた。

鵠沼小学校へ異動

片瀬小で二年間教員を勤めた後、鵠沼小へ転勤となる。教頭としての業務はあまり変わらないが、職員構成が違うと職場の雰囲気もかなり異なる。最初の職員会議で感じたのは、管理職対教職員という対決型になっていることだった。片瀬小と違って校長も男性であったこともあるが、その溝を埋めるのが私の役割であると心掛けた。

校長へ昇任

鵠沼小で教頭を一年勤め、二年目は校長職の任命を受ける。ここでも自校昇任であった。校長は全教員のトップであり、全児童を受け持つ担任のようなものである。深夜警察から電話が入り、「コンビニの前でお宅の小学生が泣いているから迎えに来て下さい」にすぐ直行したり、鵠沼小では保健室に泥棒が入り、捜査に立ち会い、調書を受けることもあった。夜、パトカーや救急車の音を聞くと「また何かあったかな?」と身体が反応するようになっていた。

母親の急逝

二〇一七年六月、秋田の母親が急逝したとの知らせが入る。秋田の実家には父と母の二人が暮らしており、お盆とお正月は必ず帰省していた。

私は長男であり、下には妹がいた。大学四年生の時、高校の同級生で上京していた者のほとんどが秋田に就職し帰って行った。私の中に「秋田に戻る」という気持ちがなかった訳ではなく、母親に尋ねると、「自分の好きな道を行けば良い」と背中を押してくれた。

母　千鶴子のこと

母、千鶴子は銀行員の長女として誕生。しかし母親は結核ですぐ亡くなり、父親と二人で暮らしていた時期もあり、父親、喜代松は情操教育を高めると枕元で、ブラームスやチャイコフスキーのレコードを流して聞かせたという。母は文学少女のような所があり、夜目が覚めるといつも本を読んでいた。父親の影響で、書道を好み短歌も作っていた。読売新聞の短歌会で受賞したこともあった。

今も母の詠んだ歌が短冊に飾ってあるが、あまりの達筆に息子の私には読めない。

小泉信三に心酔していた。小泉信三は経済学者で一九三三年から一九四六年まで慶應義塾長を勤め、東宮御教育常時参与として皇太子明仁親王の教育の責任者になった人物である。私の長男邦大（孫）が慶応大学に入った時は、とても喜んでいた。小学校教師となり退職後は米国シアトルの友人宅を根城にして、米国内を旅行。ホワイト・ハウスの前で反戦デモに加わったことを思い出していた。享年八十一歳。

校長を辞職

母が亡くなり、実家には病弱な父親が一人になった。退職まで二年を残して学校長を辞め、秋田へ帰ることを決心する。私の計画では退職するまで両親が元気に実家で暮らしているハズだったが、二年前にその計画は崩れた。

四十代から考えていた「残りの人生は故郷への恩返しに使う」を実践する時が来たのだ。

母に続き父の逝去

私が秋田に帰って間もなく父親が食道がんであることが分かった。担当医から「保って一年です」の宣告通り、一年後の十二月七日に父は逝った。享年八十歳。

父は、音楽教師であり、男鹿市内の音楽教育に力を入れて、合唱団や吹奏楽を各学校に作った。私は父親が学校の音楽室で弾くピアノの下でゴロゴロ寝転がって、よく耳にしていたのが成田為三の『浜辺の歌』である。弾き語りで歌う父の声は古い木造校舎に響いた。父の唯一の自慢は、秋田師範の音楽科で為三の弾いたピアノで自分も練習したことだった。

この父の十八番の『浜辺の歌』が、ＪＲ辻堂駅の発車メロディになるとは思ってもみなかった。

1950.2.26

私の両親は同行二人だった。先に逝った母が父を呼んだかのように思えた。

人生四回説

数学者の森毅さんが「人生四回説」を唱えている。人生八十年と考えて、二十年ごと春夏秋冬に考えると四回違った自分を生きることになるというもの。確かに二十歳（成人）、四十歳（不惑）、六十歳（還暦）、八十歳（傘寿）と昔から伝わっている。しかも細胞学者によると、二十年で人間の細胞は入れ替わるそうである。二十年前の自分はアカの他人なのだ。還暦からの二十年は「社会のために恩返しをする目標を掲げて生きよう」と決心する。何も肩肘を張るのでもなく、そこは自然体にやることだ。

第二の人生

佐藤久男さんに会う

帰郷して最初に会いに行ったのが、ＮＰＯ蜘蛛の糸代表の佐藤久男さんだ。湘南にいた頃から秋田の自殺対策に取り組んでいる佐藤さんは、どういう人か気になっていた。

大町ビルの事務所に入り、面会理由を言うと「まあ、加藤さんゆっくりやることだ！」と笑顔で応えてくれた。日本一自殺死亡率の高い秋田県で、さきがけとして二〇〇二年から自殺防止に取り組む姿勢には学ぶことが沢山あった。

焼きそばを広める会

三十二年ぶりに帰郷したものの、知人・友人もほとんどなく徒手空拳＝ゼロからのスタートであった。きっかけは、新聞で見た「男鹿を考える会」の集会である。「会場から質問・意見はありませんか？」にマイクを握って延々と大演説を述べてしまった。帰り際、一人の男性がやって来て「これから懇親会がありますが、一緒に参加しませんか？」と誘いがあったので行くことにした。秋田らしくお酒も入り、集会より盛り上がった。

翌日、一本の電話が入り、「〃男鹿しょっつる焼きそばの会〃を設立するので、市民代表として応援部長になってくれませんか?」と男鹿市商工会、事務局長の二田良英さんからだった。男鹿しょっつるを使った焼きそばで町おこし活動をするのが目的である。全国に同じような食による地域活性化を目的とする町おこしイベント=B—1グランプリが開催されていた。

第一回が二〇〇六年八戸で開催されて、第一位が富士宮やきそば、二〇〇九年に横手やきそばが優勝、男鹿しょっつる焼きそばは二〇一一年の姫路大会から出場した。この頃はB—1グランプリが全国の注目を浴びて、朝からNHKがニュースで報道する加熱ぶりだった。焼きそばは、作り手、盛り付け、販売、呼び込みの約二十名程のスタッフが要る。男鹿市長とナマハゲも参加して「男鹿しょっつる焼きそば」をPRする。私は応援隊長として、大声で呼び込みをやったのは良かったが、一回で声を潰してしまった。順位はお客が使った箸の数で決まる。十位以内が入賞なので結果発表を期待して待ったが、「男鹿しょっつる焼きそば」の名前は呼ばれなかった。その後、北九州、愛知の豊川と出場したが、十位以内の入賞には届かなかった。

あきた白神元気塾

二〇一二年、共に藤沢で教員生活を送った藤里町の藤原弘章さんと秋田で偶然の再会を果たし、「あきた白神元気塾」を創設、トヨタ財団の十一年度の地域社会プログラムの財政対象に選ばれたことが追い風となり、藤沢の鵠沼海岸商店街で白神山地と男鹿半島の名産品を

「うまいもん市物産フェア」で販売することが出来た。

「白神山地の水を使ったかき氷」、「男鹿しょっつる焼きそば」など秋田の名産品を買い求める多くのお客さんでにぎわいをみせた。

この鵠沼海岸商店街での物産フェアは、地元紙の秋田魁新報に二人が握手している写真が大きく掲載され、「帰郷の元職員二人、フェア・物産展企画」の大見出しを付けて報道された。

真夏のナマハゲ

藤沢では「広報ふじさわ」がカラー写真入りで「鵠沼海岸商店街＝秋田の風」の見出しで紹介した。これが縁で、鵠沼海岸商店街の公民館夏祭りには、白神と男鹿の名産品を携えて参加することになる。男鹿しょっつる焼きそばは人手がいるので、娘と息子の嫁さんを動員して私はナマハゲの面と装束を身に着け、夏のナマハゲとして練り歩いた。本来は冬の大晦日の行事だが、湘南では夏のナマハゲに、小さな子どもを連れた親子が大挙して押し寄せた。

斉藤温文との出会い

私が秋田と湘南を結ぶ交流活動を知った浪人時代からの友人＝河野進が「お前にピッタリの人物を紹介したい」と言われて、お会いしたのが斉藤温文氏である。温文氏は松下電器に入社後、社員寮の待遇改善を要求、あの経営の神様といわれる松下幸之助と喧嘩をして会社を辞めた会津出身のサムライである。

地域資源の会

辞めてからは溝板《どぶいた》を這い回る辛酸を嘗めるような生活を潜り抜けて、経営コンサルタントを開業。「地域資源の会」を設立する。

この地域資源の会は、全国から官・民・学の分野でそれぞれ活躍している面々が、東京は新宿サンパーク三平本館七階会議室に集結して、一人ひとりがスピーチ（ワイワイ会議）、その後は懇親会（親睦サカモリ会）で交流を深めるユニークな会である。初めての参加ですっかりこの地域資源の会の雰囲気にハマってしまう。

司会進行の温文氏はいつもサスペンダー姿で、温文節を炸裂、自由でのびのびとした異業種交流会である。教員という狭い世界しか知らなかった私には、霞が関の官僚から大手三菱・住友の役員、地方の企業社長の方々との交流は新鮮で目の鱗が落ちることが度々だった。

温文代表と意見発表　2026年６月28日

二ヶ月に一度の地域資源の会に秋田から毎回参加することで、郷里秋田での地域活性化を磨くことが出来た。

農水省の補助事業

二〇一五年に農水省から一千万円の補助事業を受けたのも、この地域資源の会があったからである。全国で数名しかいない補助事業支給者として、胸に大きな赤いリボンを付けて農水大臣の林芳正氏から受賞を受け、林大臣を中央に記念写真に納まった。忘れることが出来ない一日となった。

地域資源の会・秋田

温文氏から暖簾分けした形で、「地域資源の会秋田」を設立する。秋田県内の主な官・民・学の方々をお呼びして、東京からは温文代表を含めて地域資源の会の参加メンバーが秋田に来てもらって相互交流を図った。特に男鹿半島の海のすぐ近くにあるホテルきららか（旧桜島荘）で、日本海を望みながら東京のバイヤーを呼んでの交流会は、地元のテレビ局が報道したこともあってかなりの反響があった。

「変身大賞」を受賞

二〇一四年七月、秋田人変身力会議から「第五回変身大賞受賞」の知らせが入る。永井健事務局長がわざわざ男鹿まで足を運んで頂き、「変身大賞」の意義と理由を述べてくれた。

変身力会議とは、リーダー層の変身で組織を変革し、秋田を元気にするための県民の集まりである。

会長は荒谷紘毅氏（ＮＰＯ法人秋田移住定住総合支援センター理事長）で、毎年一回「変身大賞」を授与し、授与式後に受賞者から報告、「変身力」に関する講演会、シンポジウム等を主内容とする、秋田人変身力フォーラムを開催する。私は地域資源の会秋田代表としての受賞である。

秋田人変身力会議

この受賞を受けて会員となり、ほぼ毎回参加する。この変身力会議は、毎回〝時の人〟ともいうべき話題の人をお呼びするビビットな会議である。中でも菅首相と記者会見で渉り合った東京新聞記者の望月衣塑子さんを講師に呼んだ時は、会場が立錐の余地もない程だった。

懇親会でも小柄ながらパワフルな語り口は菅首相に喰い下がる記者魂そのものだった。

海の森づくり推進協議会

二〇一四年、海の森づくり推進協会秋田県支部を結成して県支部長に推挙される。ＮＰＯ海の森づくり推進協会代表理事の松田恵明氏との出会いから、男鹿の海と漁業の衰退に危機感を強く抱いていた私との間で意見が一致しての結成となった。松田さんは鹿児島大で水産学部教授で二十一世紀という海洋の世紀の開幕に当たり、コンブ等の海藻の森は魚介類の産卵場や稚魚の保育場になることに着目して、海の森の様々な効果や影響に関する研究を進めることを目的に設立した。奥様が秋田出身という縁で来秋して活動を続けていた。

秋田の漁業は沿岸の磯焼けと高齢化、後継者不足に直面している。「海の森づくり推進協会」は昆布、わかめの養殖や施肥を通じて、沿岸の水質浄化と環境保全、海藻の加工、販売、アワビの昆布餌の提供など六次産業化も視野に活動を開始した。

日立財団「環境NPO助成事業」の支援を受けて、男鹿を皮切りに〝地域活性化は藻場づくりから〟をテーマに、北浦ではパネリストに地元漁師代表の現状報告と秋田県水産振興センターの中林信康研究員による「なぜハタハタは来なくなったのか」を熱く意見交換をした。八森では、八森よめこ漁業の山本瞳さんが「漁師町はちもりに嫁いで」と後継者問題に一石を投じてくれた。

秋田市では県産食材を使用した売れる商品づくりの観点から、ノリット・ジャポンの菅原久典社長と秋田味商の工藤真史社長の二人の若い経営者が新しいヒット商品に向けたビジネスプランを開陳してくれた。特に北浦と八森の海ではかつてハタハタが産卵した場所の藻場調査報告をしたが、「磯焼け」と呼ばれる海の砂漠化現象のせいか、藻場が全く姿を消していた。これに海水温の上昇が加わり、ハタハタ漁の漁獲量は過去最低を更新している。

双六の昆布、ワカメ養殖

県支部には男鹿の双六漁港の漁師で元男鹿海洋高校で先生をしていた三浦幹夫さんに仲間に加わってもらう。三浦さんは双六コンブ養殖会の代表であり、秋田に春の訪れをつげる二月下旬から三月上旬にかけて「早採れワカメ&昆布収穫祭」を開催している。県支部も共催ではっぴ姿で参加。柔らかい食感と風味にしゃぶしゃぶで試食してもらい、午前十時より販売をしていたがアレヨアレヨという間に双六漁港には長蛇の列が続き、取材に来ていた秋田魁新報の佐藤勝男鹿支局長までが交通整理係に駆り出された。一袋五百グラム＝四百円は一時間も経たないうちに完売！　再度船を出して採って戻るまでお客さんには待機してもらったが、苦情を言う人は誰もおらず、ひたすら船が戻るのを待っていた。

双六コンブ養殖会代表で地域リーダーとして八面六臂の大活躍をしていた三浦幹夫さんは二〇二三年二月海に出たまま帰らに人となった。

県央

男鹿支局
☎ 0185-23-2303
FAX 0185-23-2980

南秋田支局
☎ 018-888-1840
FAX 018-823-2080

本荘支局
☎ 0184-24-3122
FAX 0184-24-3124

「早採れ昆布」味わって

男鹿市・双六　あす収穫祭　特価で販売、試食も

男鹿市の双六《すごろく》地区でコンブを養殖する漁師グループが13日、双六漁港で収穫祭を開催する。春先の若い株を収穫する「早採れ昆布」のおいしさを広め、コンブ産地としての双六を発信する。当日は、新鮮なワカメとともに試食や特価販売を行う。

双六のコンブ養殖は、地元漁師5人でつくる「双六コンブ養殖会」（三浦幹夫代表）が3年ほど前から取り組んでいる。三浦代表によると、双六では約30年前にコンブが養殖されていたが、ワカメに比べて買い手がつかないなどの理由で途絶えていたという。

和食人気や健康志向ブームが高まり、藻場の造成やコンブ養殖に取り組むNPO法人「海の森づくり推進協会」（事務局・秋田市）の提案を受け、三浦代表を中心に漁師たちで養殖会を組織。男鹿市の補助を受けながら取り組んできた。

収穫祭は昨春開催するはずだったが、収穫直前になって海水温が上昇し、生育が一気に悪化したことから開催を断念。今回は、昨年12月に養殖用ロープに取り付けた種糸からコンブが順調に育っている。

三浦代表は長さ1・6㍍ほどに伸びたコンブがたくさん付いたロープを海から引き揚げ、「この時期のコンブは柔らかい。しゃぶしゃぶにして食べるとおいしい」と話した。水揚げが本格化する6月には6㍍ほどにまで成長するという。

13日は早朝に水揚げし、1袋500㌘入り400円（税込み）で販売。会場ではコンブとワカメのしゃぶしゃぶを振る舞う。共催する海の森づくり推進協会県支部の加藤真一支部長は「日本海側は冬に海が荒れるため藻場づくりや養殖が難しいとされる。厳しい条件で育てたという価値もアピールしていきたい」と話す。

三浦代表は「今しか味わえない『早採れ昆布』をPRしたい」と語る。収穫祭は午前10時～午後3時半。問い合わせは双六コンブ養殖会・三浦代表☎090・7335・1714

（佐藤勝）

順調に育っているコンブを海から引き揚げる三浦代表

2016年3月12日

平成27年度日立環境
NPO助成プロジェクト

双六の 早採れ わかめ＆昆布収穫祭

日時：平成28年3月13日（日）
10時から15時半

会場：男鹿市船川港双六（双六漁港内）
男鹿駅から門前方面へトンネル抜けてすぐ

双六の海で育ったワカメ＆昆布の
柔らかい食感と風味をぜひお試しください！

① まず試食して・・・
双六のわかめ＆昆布をしゃぶしゃぶでご試食下さい。
② 双六のワカメと昆布を特別価格で販売します。
1袋500gが400円です。

主催：双六コンブ養殖会
共催：海の森づくり推進協会　秋田県支部
後援：NPO法人海の森づくり推進協会

問合せ先
090-7335-1714（三浦まで）

▼2016年3月14日

来場者でにぎわうコンブやワカメのしゃぶしゃぶの試食コーナー

会場にはコンブやワカメを買い求める来場者で行列ができた

男鹿市双六漁港で「収穫祭」

新鮮コンブに人、人、人

即売で産地アピール

男鹿市の双六地区で水揚げされたコンブとワカメを即売する「わかめ＆昆布収穫祭」が13日、双六漁港で開かれた。市内外から大勢の人が訪れ、新鮮なコンブとワカメを試食しながら買い求めた。

地元漁師らでつくる「双六コンブ養殖会」の主催。3年ほど前からコンブの養殖に取り組んでおり、春先の若い株を収穫する「早採れ昆布」のおいしさをPRし、双六地区をコンブ産地として発信しようと初めて開催した。

この日は、午前10時のスタート前から続々と来場者が姿を見せ、販売テントの前に長蛇の列をつくった。朝に水揚げしておいたコンブとワカメは販売開始後ほどなく売り切れ、漁師があらためて船を出して水揚げを繰り返した。

会場ではコンブやワカメをそれぞれ500グラム400円（税込み）の格安価格で販売したほか、鍋でしゃぶしゃぶにして振る舞った。行列に並びながら味わった柏崎文子さん(67)＝秋田市飯島＝は「海藻独特の生臭さもなく、新鮮でシャキシャキとしておいしい」と話した。

養殖会代表の三浦幹夫さん(66)は「予想以上ににぎわってくれてうれしい。収穫祭を機に、双六のコンブをもっとPRしていきたい」と語った。

（佐藤勝）

■使い方 24面
さきがけ 動画

船から水揚げされたコンブ

農水省より一千万円事業

秋田県や男鹿市、地元の農協や漁協、観光協会などを巻き込み、「ナマハゲの里!! 活発男鹿食のモデル地域協議会」を設立。地域食材の利用拡大を支援する農水省の「食のモデル地域育成事業」に応募し、一千万円の補助が出る事業に採択された。二〇一四年一月の「秋田・男鹿の食&観光フェアin藤沢」が活動第一弾となった。事前PRのため藤沢市の広報課にお願いして一室を借りて記者会見の準備をする。

広報課長さんが「何人の記者が来るかは分かりませんよ」と言うので不安のまま記者席で待つ。

東京新聞と読売新聞の二名の記者が取材してくれて、翌日の紙面に大きく掲載された。特に東京新聞の吉岡潤記者の記事は「江ノ電にナマハゲ、秋田・男鹿をPR」の大見出しで詳細に報じてくれた。

目玉は江ノ電の車内をナマハゲと市女笠の小町娘が練り歩くというもの。ナマハゲは男鹿でナンバー

25・26日

江ノ電にナマハゲ

秋田・男鹿をPR

「故郷」交流に奮闘

元藤沢市立小校長・加藤さん

2014年1月21日

ワンのナマハゲと小町娘は鎌倉市役所の職員で秋田出身の女性だった。「うおー」と雄たけびを上げながら現れたナマハゲに乗客は大喜び。怖さのあまり泣き出した子供は小町娘が慰めた。「ナマハゲと秋田美人のコラボが面白い」と写真を撮ったり声をかけたりしていた。

ＮＨＫが夕方の首都圏ニュースで報じたこともあって二日目の江ノ電藤沢駅は黒山の人だかりとなった。

藤沢駅改札前では、しょっつるやハタハタずし等の男鹿の特産品を販売。江ノ電が藤沢市と仙北市田沢湖を結ぶ、夜間高速バスを運行している縁で、私鉄同士の連携を目指す秋田内陸線もＰＲした。

江ノ電になまはげ登場

湘南　小町娘と本県観光ＰＲ

神奈川県・湘南の江ノ島電鉄で25日、なまはげによるパフォーマンスが行われた。男鹿市の食品産業関係者らでつくる「ナマハゲの里・活発男鹿」食のモデル地域協議会（加藤真一会長）によるＰＲイベントの一環。勇ましく車内を練り歩くなまはげが、乗客を沸かせた。きょう26日も行われる。

なまはげ1匹が小町娘に扮《ふん》した女性と、江ノ電・藤沢－江ノ島駅間に乗車した。「うおー」と雄たけびを上げながら現れたなまはげに乗客は大喜び。写真を撮ったり、声を掛けたりしていた。怖さのあまり泣きだした子どもは、小町娘が優しく慰めた。

2歳の長男と乗車した川崎市の女性(38)は「なまはげと秋田美人のコラボレーションが面白い」。塾に通う途中の鎌倉市の男子中学生(15)は「顔が大きくて、すごい迫力」と笑顔を見せた。

藤沢駅改札前では、しょっつるやハタハタずしなど男鹿市の特産品を販売。江ノ電が藤沢市と仙北市田沢湖を結ぶ夜間高速バスを運行している縁で、私鉄同士の連携を目指す秋田内陸線もＰＲした。協議会の加藤会長は「今回のイベントをきっかけに、湘南と秋田をつなぐ観光ルート開発につなげたい」と話した。（斉藤賢太郎）

江ノ電の車内で本県をＰＲするなまはげと小町娘

2014年1月26日

にがり米愛好会

二年目は秋田地域振興局が中心になり、由利本荘市・にかほ市の観光施設、江ノ電と由利高原鉄道も加わり事業者が特産品を販売した。特に男鹿からの目玉は、塩の精製過程でできる「にがり」を使った「にがり米」と季節限定＝冬場に甘味を増す「寒甘《かんかん》野菜」と「青大豆」でした。

農家グループ四名の「にがり米愛好会」メンバーは自費参加だった。

藤沢駅改札前が狭かったこともあり、江ノ電側が鎌倉駅のホーム広場で販売することを提案。にがり米のメンバーは初の呼び込み販売にチャレンジした。田畑で米や野菜を作ることがプロの彼らも駅前を流れるように歩く乗客に向かって、呼び込みをするのは初体験である。声が小さくて聞き取れない。午後からは開き

県央

男鹿支局
☎ 0185-23-2303
FAX 0185-23-2880

南秋田支局
☎ 018-888-1840
FAX 018-823-2080

本荘支局
☎ 0184-24-3122
FAX 0184-24-3124

男鹿、由利本荘などの9団体

食と観光、江ノ電でPR

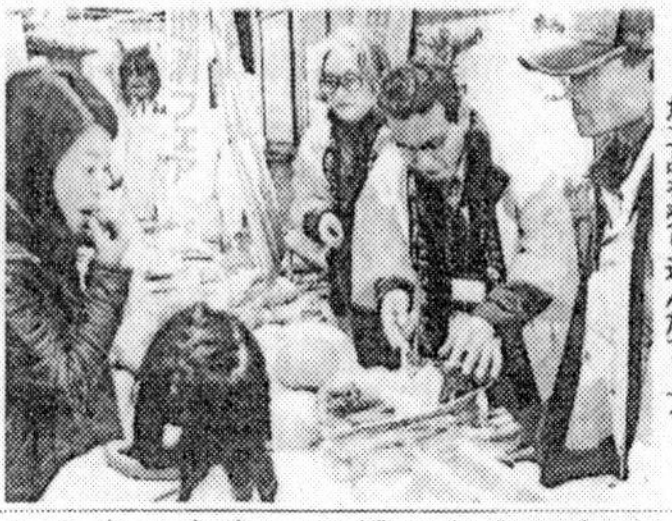

江ノ電鎌倉駅で生鮮野菜や加工品を売り込んだフェア

「男鹿・鳥海の食&観光フェア」が7、8の両日、神奈川県鎌倉市の江ノ島電鉄鎌倉駅で開かれ、男鹿市や由利本荘市などの9団体が駅構内で生鮮野菜や地元の名産品を売り込んだ。

男鹿市の農家や食品加工業者で構成する「「ナマハゲの里!!活発男鹿」食のモデル地域協議会」（加藤真一会長）が企画。江ノ電が同県藤沢市―仙北市田沢湖間で夜間高速バスを運行していることや、古里の男鹿市にUターンした加藤会長(64)がかつて藤沢市で小学校校長を務めていたことが縁で、昨年に続き実施した。

「男鹿にがり米愛好会」で活動する農家有志は、海水から塩を精製する過程でできる「にがり」を使って栽培したあきたこまちや、冬場に甘みを増すホウレンソウ、キャベツなど「寒甘野菜」をPR。生で試食した女性らが「甘みがすごい」と買い求めていた。

江ノ電と同じローカル線の由利高原鉄道、秋田内陸縦貫鉄道と、由利本荘市、にかほ市の観光施設も参加。加藤会長は「秋田の豊かな食を湘南にPRし、交流人口を増やすのが狙い」と強調し、江ノ電の柴田行生常務も「来年度以降もぜひ来てほしい」と話した。

（高野正巳）

2015年2月10日

直って〝秋田弁で演じる〟ことにして、客の目に止まり売れ行きは好調となった。

藤沢市長を表敬訪問

前日は地域振興局長と内陸線と由利高原の両社長ににがり米愛好会メンバーとナマハゲが同席して「藤沢市長表敬訪問」を行い、広報室でプレス発表、夜は藤沢市長と江ノ電社長を招いて親睦交流会を実施した。

秋田フェアin湘南

二〇一六年からは、藤沢駅コンコース（大通路）広場に会場を移して「秋田の食&観光フェアin湘南」と名称変更の物産イベントとなった。一月下旬の土・日を開催日にし恒例行事になった。

秋田から送る野菜や物資、特産品は藤沢駅前にある私の住むマンション地下一階が倉庫となった。当日は藤沢市の観光課の職員が車を出して藤沢駅まで運搬を担ってくれた。

二〇一七年の秋に、秋田県庁の副知事、堀井啓一氏と訪ねて、二〇一八年一月の「秋田フェアin湘南」への参加をお願いする。堀井副知事は、机の引き出しから予定表を出して、日程を確認「よろしいです！」と快諾して頂いた。二〇一八年一月の「秋田フェアin湘南」の懇親会は豪華な顔ぶれとなった。秋田側は堀井副知事、菅原広二男鹿市長、佐野薬局の佐野元彦社長、県地域振興局長、小野一彦由利本荘副市長、東京からは斉藤温文地域資源会長、野

2016年1月22日

「男鹿・由利本荘の食＆観光」

農産物通じ魅力ＰＲ

藤沢できょうまでフェア

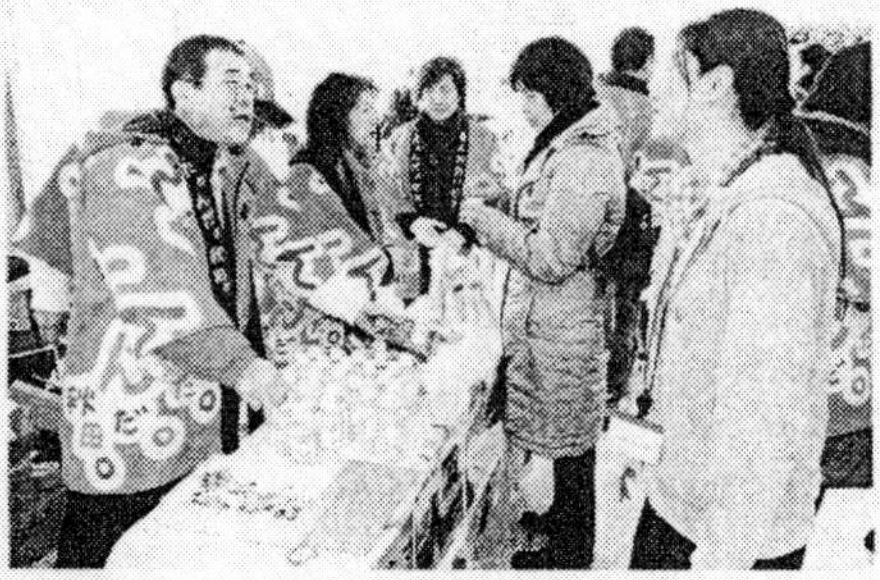

男鹿市や由利本荘市の農産物などを売り込んでいるフェア

「男鹿・由利本荘の食＆観光フェア」が23日、神奈川県藤沢市のＪＲ藤沢駅南口通路で始まった。特設スペースにコメや野菜、菓子などを並べ、通行人らに販売している。きょう24日まで。

男鹿市の農家や食品加工業者らでつくる「『ナマハゲの里!!活発男鹿』食のモデル地域協議会」（加藤真一会長）が毎年実施しており、今年で3回目。藤沢市―仙北市間で運行されている高速バスを生かし、藤沢市民に来県してもらう機会を増やす狙いで開催している。由利本荘市や北秋田市も含め、計15事業者が参加した。

会場では、男鹿市の農家有志でつくる「男鹿にがり米愛好会」が、冬にビニールハウスで栽培して甘みを増したというホウレンソウやコマツナを「寒甘野菜」と名付けてＰＲ。由利本荘市のＪＡ秋田しんせいは、粒の大きさと軟らかな食感が持ち味のコメの新品種「つぶぞろい」を紹介した。

会場近くでは男鹿市のグループ「恩荷」がなまはげ太鼓を披露。秋田内陸縦貫鉄道のＰＲも行われた。

加藤会長は藤沢市で小学校校長を最後に教員を退職し、6年ほど前に古里の男鹿市にUターンした。「藤沢と秋田の交通アクセスを生かせば、もっと人を呼び込める。きちんと宣伝していくことが重要だ」と話した。（相沢一浩）

2016年1月24日

見山浩平前日本銀行秋田支店長、藤沢からは鈴木恒夫藤沢市長、藤沢稲門会から山田栄氏と酒井一二氏、藤沢市総務部長、観光課長、そして元藤沢市長葉山峻氏の奥様葉山淳子さん、映画監督大島渚氏の奥様、女優の小山明子さん、加藤家からは加藤由希子さんが参列した。にがり米愛好会から、にがり米と青大豆を寄贈された葉山、小山両人はすっかり感激して翌日の秋田フェアに二度も顔をだしてくれた。

藤沢駅に秋田犬

二〇一九年には秋田の2大キラーコンテンツの一つ、ナマハゲと秋田犬を登場させた。会場のＪＲ藤沢駅コンテンツ会場は、秋田犬を撫で回す人や、一緒に写真を撮る人で溢れ、湘南の藤沢駅は秋田一色となった。

懇親会には、男鹿市職員の男鹿まるごと売込課の池田徹也さんが、男鹿から一昼夜、自ら運転して藤沢まで運んだ男鹿の食材で作った豪華な料理がテーブルに盛大に並べられた。秋田と湘南の親睦交流会では、男鹿半島の山の幸と海の幸が食の観光大使となった。

箱根駅伝

二〇一六年一月二日の箱根駅伝往路の応援は藤沢稲門会と秋田稲門会の合同応援となった。

きっかけは、藤沢稲門会の酒井一二幹事長と私は一九九八年神奈川国民体育大会で藤沢がヨット、サッカー、バレーボールの会場になった時に、藤沢市側の窓口が酒井さんで、教職員側の代表が私だったことが縁による。以来酒井さんとは親交が続いている。私自身は上智大学出身であるが、義理と人情の早稲田精神の大ファンであり、秋田稲門会佐野元彦幹事長に合同応援を提案したところ二つ返事で実現することになった。

三区の遊行寺坂近くの早稲田応援会場で応援を締めくくった後、秋田出身のご主人が経営する「宗平」に場所を移し、藤沢稲門会幹部を交え、歓迎懇親会を行った。佐野幹事長から「十五代彦兵衛」「ゆきの美人」といった秋田特産の銘酒の数々が寄贈され、初春の宴は大いに盛り上がった。藤沢・秋田稲門会双方よりこれを機会に相互交流を目指そうとの方針も披歴され、翌年の夏には藤沢稲門会のメンバーが秋田の竿燈祭りに来秋した。

『浜辺の歌』メロディ

北秋田市出身の作曲家成田為三の『浜辺の歌』が二〇一六年十二月一日から藤沢市のＪＲ辻堂駅の発車メロディに使われることになった。辻堂駅開設一〇〇周年記念事業の一環、記念イベントには北秋田市の児童・生徒が出演し、地元の合唱団と『浜辺の歌』を披露した。「あした浜辺をさまよえば……」で始まる『浜辺の歌』は、作詞家の林古溪が幼少期を過ごした藤沢の辻堂海岸に情景を思いをはせて作ったとされる。辻堂駅開設一〇〇周年事業実行委員会の代表の山田栄氏に「『浜辺の歌』が秋田と藤沢の交流の架け橋になるのではないか」と進言したら、「加藤さん、それは良いアイデアだ」と弾む声で承諾して頂いた。同時に北秋田市長の津谷永光氏に『浜辺の歌』で藤沢市辻堂と相互交流を持つのはどうかとの一通の

浜辺の歌で一層の絆を

藤沢市の一行 北秋田訪問

合唱団出演に感謝の意

北秋田市役所を訪れ、藤沢市で昨年開かれたイベントを振り返る山田委員長（左から2人目）ら

昨年11月のイベントで歌声を響かせた「浜辺の歌音楽館少年少女合唱団」＝神奈川県藤沢市

2017年7月14日

浜辺の歌 発車音楽に

ＪＲ辻堂駅（神奈川県藤沢市）100周年

北秋田の児童生徒合唱

成田為三作曲の童謡を歌う「浜辺の歌音楽館少年少女合唱団」の児童、生徒たち＝神奈川県藤沢市のシークロス公園

2016年11月28日

https://www.youtube.com/watch?v=4Cqp4bl1cP4

（youtubeでぜひご覧下さい）

手紙を書いた。

早速電話で返事が来て、「地元の少年少女合唱団と一緒に記念イベントに参加します。十二月議会に予算計上しますと明快に応えてくれた。

記念イベントの前日、北秋田市の浜辺の歌音楽館少年少女合唱団の九人が「海が見たい」というので、作詞家の林古溪が情景に思いをはせて作った辻堂海岸に連れて行く。

江ノ島を背景に夕なずむ海岸でアカペラで『浜辺の歌』を歌う少年少女の歌声は天使の歌声のように響き渡った。

辻堂駅メロ「浜辺の歌」に

12月から100周年で

読売

林古渓が「浜辺の歌」を作詞する際に思い浮かべたとされる辻堂東海岸。遠くに江の島が望める（21日、藤沢市で）

藤沢市のJR東海道線辻堂駅の発車メロディー「駅メロ」が、12月から地元ゆかりの唱歌「浜辺の歌」に変更されることになった。住民有志らでつくる「辻堂駅開設100周年事業実行委員会」（山田栄委員長）が21日、発表した。

「あした浜辺を　さまよえば　昔のことぞ　しのばるる」で始まる「浜辺の歌」は、大正期に林古渓が作詞、成田為三が作曲した。幼少期に同市に住んだ林は、散策した辻堂東海岸付近の情景を思い浮かべて詞を書いたとされる。

辻堂駅は地元住民らが土地や資金を提供し、「請願駅」として1916年（大正5年）に誕生した。今年12月に開設100周年を迎えることから、「駅メロを浜辺の歌にしよう」と、住民らが実行委員会を発足させて活動してきた。

昨年4月からの署名活動で約2万7700人分を集めた。また、駅利用者ら約2200人にアンケート調査し、86%から賛同を得られたため、12月にJR東日本横浜支社に要望書を提出し、駅メロ採用が実現した。

山田委員長(85)は「採用されるか不安だったが、決まって本当にうれしい」と喜ぶ。鈴木恒夫・藤沢市長は「地域住民の熱い思いが届いて良かった。ゆかりの曲が流れることで、郷土愛が一層、高まることを期待している」と話す。

同支社によると、管内には108駅があり、ご当地駅メロの採用は15駅目だという。

朝日

辻堂の駅メロ「浜辺の歌」に

12月から

JR辻堂駅（藤沢市）に、広く親しまれる辻堂ゆかりの唱歌「浜辺の歌」の駅メロが12月1日から流れることになった。地元有志でつくる実行委員会（山田栄委員長）が21日、発表した。JR東日本横浜支社によると、駅メロは管内に108ある駅で15番目という。

「あした浜辺を　さまよえば　昔のことぞ　しのばるる」で始まる歌詞は、歌人で作詞家の林古渓が幼い頃に辻堂東海岸を歩いた思い出をもとに、大正初期に作詞したとされる。12月1日で駅開設100周年となるのを祝う記念事業として実行委が昨年4月から署名活動を始め、約2万8千人分の署名簿をJR側に渡すなど、駅メロ実現を求めていた。

会見には山田委員長ら実行委関係者のほか、支援した藤沢市の鈴木恒夫市長、茅ケ崎市の夜光広純副市長も出席。11月下旬には100周年記念の祝賀パレードなども予定される。

（小北清人）

「浜辺の歌」出発進行

神奈川

12月からメロディー使用

辻堂駅開設100周年

♪あした浜辺をさまよえば～で始まる林古渓作詞・成田為三作曲の「浜辺の歌」が、JR辻堂駅の発車メロディーに採用されることになった。要望活動を展開した地域住民組織・辻堂駅開設100周年事業実行委員会の山田榮委員長、藤沢市の鈴木恒夫市長、茅ケ崎市の夜光広純副市長が21日、発表した。駅が開設100周年を迎える12月1日から使用される。

（西郷　公子）

辻堂駅の発車メロディーに「浜辺の歌」が採用されることを発表した（右から）鈴木藤沢市長、山田実行委員長、夜光茅ケ崎副市長
＝藤沢市の明治市民センター

林は幼少期に藤沢市内に在住。そのころ歩いた辻堂海岸の情景を思って詞を書き上げたとされる。同駅は1916年、住民が土地や資金を提供し、請願駅として開業。以来10年ごとに住民主体の式典を開催するなど、地域と駅が深い絆で結ばれてきた。駅の所在地は藤沢市だが、茅ケ崎市民の利用も多い。

実行委は、昨年4月から署名活動を展開し、11月までに2万7704人分を集めた。JR東日本横浜支社に提出し、同支社が採用を決めた。

発表会見で山田委員長は「発車ベル変更は100周年事業の柱で、11月のイベントも立派に開催したい」と喜びを語り、鈴木市長と夜光副市長も「（この歌を）地域の子どもたちによって、さらに次の世代に伝えていってもらえると思う」と話した。

同支社によると、発車メロディーの採用は2011年にスタート。支社管内108駅の中で、関内を皮切りに辻堂が15駅目となる。

♪辻堂駅の発車ベル「浜辺の歌」に決まる♪

毎日

藤沢・茅ケ崎市　100周年の12月から

藤沢市と茅ケ崎市の共同会見が21日、藤沢市内で行われ、JR東海道線・辻堂駅の発車ベルのメロディーに林古渓作詞、成田為三作曲の唱歌「浜辺の歌」の採用が決まったと発表した。地元住民でつくる「辻堂駅開設100周年事業実行委員会」（山田栄委員長）がJR東日本横浜支社に要望していた。発車ベルは駅開設100年目にあたる今年12月1日から変更される。

辻堂駅は1916（大正5）年に地元住民の設置運動と資金提供で誕生した。このため駅に対する地元の愛着は強く、同実行委は昨年4月から辻堂ゆかりの「浜辺の歌」に発車ベルを変えるよう署名運動を展開。藤沢、茅ケ崎両市もバックアップし昨年12月に2万7704人の署名と駅利用客へのアンケートを同支社に提出していた。

記者会見で握手する（左から）茅ケ崎市の夜光副市長、山田実行委員長、藤沢市の鈴木市長

採用された「浜辺の歌」は、東京音楽学校（現東京芸大）在学中の成田為三が辻堂駅開設と同年の1916年に作曲。林古渓が幼少時代に歩いた辻堂海岸の風景を思って作詞した。代表的な唱歌として教科書にも掲載されており、辻堂海岸には歌碑が建っている。

新たな発車ベルは、上下線で区別できるようアレンジを変えた12秒演奏の2曲で、同支社が監修する予定。記者会見に出席した同実行委の山田委員長は「行政、自治会、企業の協力もあって多くの署名が集まった。不安はあったが採用されてうれしい」と話した。【鈴木篤志】

鈴木恒夫・藤沢市長　熱い思いが届いた。これからもさまざまな事業で郷土愛が高まればと思う。

夜光広純・茅ケ崎副市長　辻堂駅は茅ケ崎の東の玄関口。関係者の尽力のおかげで実現できた。

記念イベントは「浜辺の歌コンチェルト」と銘打ち駅近くの公園で開催。合唱団の歌唱に先立ち、津谷永光市長が登壇し「北秋田市には空港があり、交通の便がいい。多くの観光資源もある。浜辺の歌のつながりから藤沢市の皆さんが北秋田市に来てくれるのを待っています」と呼びかけた。北秋田市の少年少女合唱団が特設ステージで為三作曲の『葉っぱ』『カナリヤ』のほか、『秋田県民歌』など七曲を伸びやかな声で歌い上げた。フィナーレで藤沢の「すずかけ児童合唱団」三十人と一緒に『浜辺の歌』を合唱すると会場から大きな拍手が起こった。

辻堂駅周辺の住民有志は、地元ゆかりの『浜辺の歌』で列車の発車メロディとして流すことで後世に引き継いでいこうと、署名活動を展開。ＪＲ東日本に要望したところ、採用が決まった。

昨年十一月に開かれた『浜辺の歌』イベントに北秋田市の少年少女合唱団と津谷永光市長が参加したことへの感謝を伝えようとイベント実行委員長山田栄氏と永井洋一本部長と橋渡し役の私の三人で北秋田市役所を訪ねた。

二〇一八年六月には浜辺の歌音楽館三十周年記念式典があり、鈴木恒夫藤沢市長、永井洋一本部長それに私も参加して式典を祝った。辻堂駅開設一〇〇周年事業実行委員会からは、大きな置き時計が音楽館に寄贈された。

「土曜ＬＩＶＥ！　あきた」コメンテーター

二〇一七年四月スタート、ＡＫＴ秋田テレビの新番組「土曜ＬＩＶＥ！　あきた」のコメンテーターを演ることになる。依頼の電話をかけてくれたのは、同番組ＭＣ武田哲哉アナウンサーからだった。武田アナは男鹿市滝川出身で同郷。

その縁があったかは定かでないが、第一回の番組に産経新聞秋田支局長の藤澤志穂子さんの二人でコメンテーターで出演する。

生番組なので簡単なリハーサルがあって、いよいよ本番の限られた時間内で核心を衝いた発言を求められるので集中力とアドリブ力が必要になる。スタジオ内で武田アナと後藤美奈子アナの司会進行に合わせて番組デレクターとカメラマンのチーム一体の共同作業だ。

番組が終了して控室に戻るとどっと開放感にひたる。毎回テーマが違うのでテーマに関する事前学習が日課となった。

『月曜論壇』執筆

同年十月三十日（月）から秋田魁新報の『月曜論壇』の執筆者となる。第二の人生を「秋田の再生」にささげようと帰郷した私にとってこの『月曜論壇』は学びの場であった。それだけに本欄に執筆できることは感慨深いものがある。

特に「秋田人よ、山形のおしんに学べ！」「ゆでガエルになるな！」と箴言した北都銀行会長の町田睿氏とは本欄で親交を深めることになった。十四字×九二行＝千二百八八文字。ほぼ原稿用紙三枚に月に一度、何を伝えたいか、構成を組み立てることは自分を鍛え上げる作業となる。

知人、友人そして読者からの感想、意見が寄せられ、ペンにも力がこもった。金足農業が決勝まで進んだ夏の甲子園大会の件を書く時は、ペンが止まらなかった程である。

一ヶ月を四人の執筆者で回すことになるが、秋田医師会の小泉ひろみ医師、郷土食を研究している佐々木信子秋田大学教授、国際教養大学の若き学究、堀井里子准教授の三人の女性とは、バトンリレーしている気分であった。

おが東海岸推進協議会

三方が海に囲まれた男鹿半島は、大桟橋や桜島など奇岩が多く、男性的で荒々しい「西海岸」が代表的な観光地域となっている。

一方、半島北東地域は男鹿中浜間口地区から五里合方面にかけて穏やかな美しい砂浜の海岸で「男鹿の湘南」を想起させるものがあった。浜間口の世帯数は約五十戸で人口減少により荒れた農地が目立ち、地域活力の衰退に危機感を感じている住民も多かった。

二〇一六年十二月に「おが東海岸推進協議会」を設立。耕作放棄地を活用してソバ栽培に取り組み、名称を「浜のそば」とする。浜間口の風景をキーワードとして「海のそば」「川のそば」「山のそば」「蕎麦畑のそば」の四つのそばを地域の魅力として位置付ける。

浜間口の「浜のそば」で多くの来場者を呼び込むために、古民家を改修して地域ぐるみで「浜のそば店」を開業することを決定し、二〇一七年四月から空き家の確認や賃貸交渉、開業に向けた運営体制を確立する。

「浜のそば」開業

九月十六日、休耕田で採れた地場産のそば粉を使った手打ちそばの自前店「浜のそば」をオープンした。シンボルは青い屋根に赤い大きな文字の「浜のそば」は一目瞭然だ。

開店式典には男鹿市長はじめ県庁職員や近隣の自治体首長、多くの地域住民が参列し、新聞、テレビでも大きく報道された。

そば打ちを担当するのは、協議会事務局長の進藤由秀さん。五十九歳でNTTを早期退職して故郷の男鹿に戻り、そば打ちの趣味が高じて本格的に栽培やイベントも手掛けるようになった。また山形のそば街道にある「七兵衛そば」に並ぶ県外ナンバーの車の多さにも驚いた。一杯のそばを食べるために山の奥地にあるそば屋に足を運ぶ人がいる。山形は「山のそば」なら男鹿は「浜のそば」で行こうと決めた。

小さな集落で、海、山、川の景色をいっぺんに味わえるメリットを生かし、協議会は環境省の自然歩道「新・奥の細道」を一部活用した約千キロの散策コースを設定した。高台から望む海岸線、のどかな棚田の風景、森林浴を楽しめる林道のほか、大地の成り立ちを伝える地層など歴史スポットも点在する。

秋田駅――浜のそばバスツアー

男鹿市はJR男鹿駅からの二次アクセス整備が観光の課題となっており、浜間口地区も車がなければ訪れにくい。

そこで考えついたのが、秋田駅発着のバスツアーである。事業は宝くじの助成金で実施した。市外からの誘客を図る狙いで六月~十月に五回企画した。第一回の六月、浜間口地区の散策、七月上旬に北浦の雲昌寺。アジサイ寺やホタル観賞を楽しむツアーを実施。参加者からは「以前から浜間口に行ってみたかったが高齢で運転できず移動手段がなかった。バスツアーはありがたい」との声があった。

七月下旬には浜間口地区でソバの種まき体験ツアーを行う。住民も合わせて約三十人が集まり海に面した畑に種をまいた。参加者は住民と交流しながら種まきやトラクターの試乗を楽しんだ。海と山がすぐ近くにある風景での種まき体験ツアーは大好評だった。

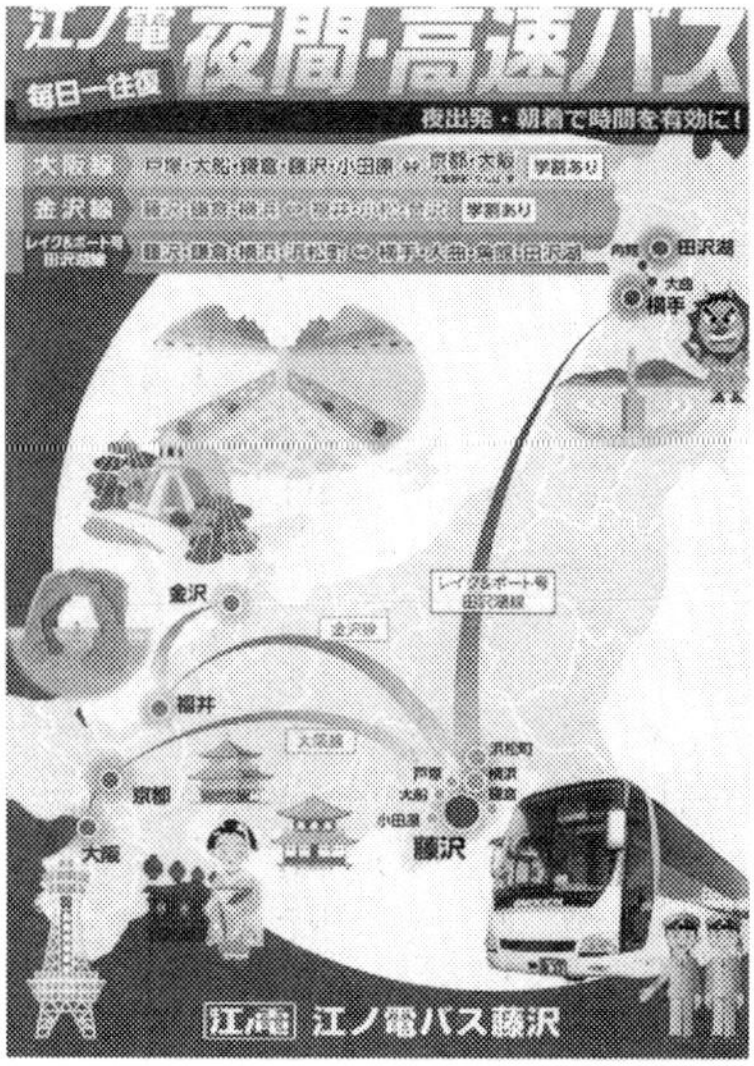

浜間口山菜クラブ

「おが東海岸推進協議会」が男鹿中浜間口集落で食と観による地域おこし活動をして三年目、ここの里山が山菜の宝庫であることに着目する。二〇一一年から県が県内各集落の高齢者に呼び掛けて展開している事業に「GB（じっちゃん、ばっちゃん）ビジネス」がある。

県活力ある集落づくり支援室が事務局を務め、販売窓口業務などを引き受け、十三年度からは首都圏のスーパーや飲食店などへの共同出荷をスタートさせていた。ここの支援室長は男鹿市出身の田原剛美さんだったので良く相談に乗って頂き、浜間口の住民との話し合いに足を運んでもらった。浜間口地区代表の佐沢篤さんの働き掛けにより「浜間口山菜クラブ」が誕生。

住民がマイクロバスに乗り込んで大館市の山田地区などの先進地区を訪問した。隣の中間口集落も加入して活動は広がった。首都圏のスーパーの社長が秋田を訪れ「漬物新商品検討」をテーマに交流会を開催。県内から集まった生産者と試食しながら率直な意見を交わしたのは極めて有意義だった。高齢者の知恵や経験を生かし地域資源を新たな収入に結びつけるBGビジネスの輪が広がっている。

男鹿市から「おが東海岸協会」が表彰

二〇一八年三月二十一日、男鹿市の「市の記念日記念式典」で一般表彰者の地域の活性化に寄与したとして、「おが東海岸推進協議会」と「オガナマハゲロックフェスティバル実行委員会」が表彰を受ける。代表の私と実行委員長の菅原圭位さんが参列した。同時に産業功労者として雄山閣会長の山本次夫氏、民生功労者として雲昌寺住職の古仲宗賢氏が表彰されて一緒に胸に大きな赤いリボンを付けて記念写真に納まった。

男鹿ＦＭラジオ構想

「〝男鹿にＦＭラジオ局を作りたい〟と言っている友人がいるから会って欲しい」が最初だった。ＦＭ局で仕事をしたことがあるらしく、内部について詳しかった。県内では鹿角、秋田、大仙、横手、湯沢各市でコミュニティＦＭ局を開局している。「県内有数の観光地である男鹿にＦＭ局があっても不思議でない」と早速、男鹿市内の友人を誘って二〇一七年四月ＦＭなまはげ開局準備委員会を立ち上げた。事務局を船川にある秋田海陸運送の船川営業所に借りて、定期的に準備作業にあたった。

計画した受信エリアは男鹿、潟上両市と南秋田郡、秋田市、三種町の一部の計約六万〜十万人、放送局は男鹿市内に置き、アンテナの設置場所は寒風山を候補地とする。男鹿市戸賀や加茂地区など電波が届かない可能性のある所には中継局を設置する。

「聞くラジオから参加するラジオへ」をキャッチフレーズに地域の観光や文化、教育、福祉といった様々な情報を住民主体で発信する。災害時における「臨時災害放送局」の役割も視野に入れる。二〇一八年春に新たな株式会社を作り放送免許を取得する方針で個人や自治体から出資金を募る、二〇一九年四月の放送開始を目指す、以上の計画を記者会見で発表した。会見には秋田魁新報、朝日、毎日、読売の各支局の記者が集まった。

しかし、記者会見から半年後に、必要な資金三千万円の確保の目途が立たなかったことと、番組編成の体制が整わなかった理由で開局を断念することになる。基本的計画は間違ってなかったが、資金面や番組編成上の具体的なところで見通しの甘さがあったと言える。

断腸の思いで、計画断念の記者発表をする。

古仲家のルーツ

母方の本家は男鹿市北浦の現在、三十七代目になる古仲家である。古仲家には家系図「子孫言伝之記録」があり、主なものを抜粋する。

初　代　‥安倍五郎清重は陸奥国奥六郡（岩手県）を治めた平安の武将・安倍頼時の子、重任（北浦六郎）の一子で、一時古仲の里（栃木県佐野市）に住し奥州の地で卒。奥州藤原氏の初代藤原清衡（重任の姉の子）と従兄関係にある。

二　代　‥清任　初代清重の次男。相馬の号。陸奥より出羽に移り一一二二年、出羽国・雄鹿嶋の西方の小高い地に館を築く。

古仲氏は平泉文化を築いた藤原清衡の代官として陸奥から北浦へ入り、一帯を治めたと伝えられる。八望台近くの山地にある「相馬館」跡はその支配拠点だったとされる。

十　二代：清忠　一三三六年山を下り北浦村に館を築き移住する。
二十四代：清躬　慶長七（一六〇二）年、北磯・南磯の肝煎りを引き連れて佐竹義宣公を院内峠まで出迎えに行く。その際佐竹公より脇差を拝領する。義宣公は、しばしば男鹿北浦に御渡野に来られる。清躬は義宣公から正洞院（妻・下野那須氏の娘で若くして没）のことを聞き、己の先祖が下野で住したことから清躬は正洞院とを重ね合わせたと思われる。そのことから清躬は一向宗徒にも関わらず、先祖の居城跡の土地と材木を提供し、正洞院の来寿として北浦山雲昌寺（現在のアジサイ寺）を建立する。

雲昌寺の本寺である正洞院は明治維新に廃寺となり天徳寺に合併される。
雲昌寺現住職は古仲家の一族（三十四代清廉の次男・禎作の孫）である。
三十四代：清廉　河辺郡牛島尋常小学校長、南秋田郡鹿山尋常小学校長。清廉の次男・禎作は雲昌寺前住職、古仲宗孝の父、清廉の長女・力子は須磨弥吉郎元衆議院議員の母、清廉の次女・トミは私の祖父＝古仲喜代松の母。現在三十七代の古仲清紀は三十六代士郎の長男である。外交官だった須磨弥吉郎の長男、未千秋もカナダ大使を務めた人物で、その長男はＮＨＫデレクター。その妻が「ラジオ深夜便」でおなじみの須磨佳津江アナウンサーであり、夫妻で三十七代の古仲家を訪れている。

北都銀行会長の町田睿氏に東京で食事に誘われ際に「自分は秋田高校で先輩の須磨弥吉郎

氏の講演を聞いたことがある」と述懐されていた。

野坂昭如リサイタル

一九七六年、「野坂昭如凱旋リサイタルin秋田」を実行するために二十代のメンバーが集った。リーダーは写真家の桜庭文男さん、テレビ朝日秋田放送のデレクターになった山崎宗雄さん、ダイビングスクールの金坂芳和、和子さんそれに私も入ってチケット販売からリサイタルの成功に向けて実行委員会を立ち上げた。

吉行淳之介、開高健、野坂昭如、五木寛之が編集長になった七十年代元祖サブカル雑誌＝面白半分が若者の人気を集めていた。この面白半分を発行したのが秋田県二ツ井町出身の佐藤嘉尚さんだ。このリサイタルは面白半分が主催で私たち実行委員会が手足となった。

作家野坂昭如は『黒の舟唄』などユニークな歌で人気を集めており、会場の県民会館は満席となった。

写真家　桜庭文男さん

このリサイタルから三十二年後、帰郷した私は男鹿のサザエを持参して桜庭宅を訪ねた。七輪でサザエを焼きながら語る桜庭さんは自分を貫く毅然さと他者に注ぐ優しい眼差しは二十代の頃のままだった。桜庭さんは撮った写真と書き下ろしエッセイを月刊あきたタウン情報誌『新秋田紀行』に掲載していた。

二〇一四年七月号に「男鹿の再生を期して頼りになる男が帰ってきた」の見出しで書き記し、私の大きな顔が写真になって載った。表紙の顔写真である。

桜庭宅には幾度となく一宿一飯でお世話になり熱く語り合った。その桜庭さんは、今年一月七十六歳で逝去した。

水陸二刀流　金坂芳和氏

二〇一七年九月十六日に「浜のそば」がオープンした同日、北浦相川に「男鹿ブルーベリーガーデン」が開業した。緑の森に包まれた広さ約一ヘクタールの畑には一五〇〇本のブルーベリーが健やかに育っている。ここのオーナーはダイビングスクールの金坂芳和さんだ。原野だった土地を一人で開拓して、見事なブルーベリー園に仕上げた。

元々は潜水調査をしたりダイビング用品を扱う海の男である。「ハタハタは可愛いそうで食べられない」と言う程、海を愛する人間だが、陸でも「ブルーベリーを育てる水陸両用の二刀流なのだ。七月上旬~八月上旬は「販売と摘み取り体験」を開催している。

おしゃれなレストランは、お客さんでいつも満杯である。

岩手県議　吉田けい子氏

変身力会議会長の荒谷紘毅さんから「加藤さんの大学の後輩で吉田けい子さんが岩手県議になったよ」との一報が入った。

二〇一〇年の七月だった。吉田けい子さんは、盛岡市出身で上智大学外国語学部を卒業後、ＪＩＣＡ海外協力隊で南米ボリビアで二年間、村落女性や子どもの保健衛生指導など生活向上支援や女性のエンパワーメントに取り組む。帰国後二〇一〇年七月の岩手県議会議員の補欠選挙へ初出馬し、初当選。その後、岩手県議会初の任期中の妊娠出産を経験。毎回、高位で当選して現在五期目である。座右の銘は〝敬天愛人〟。

荒谷会長と私は「吉田けい子後援会秋田支部」を結成して県外応援団として支援に加わった。盛岡での後援会の交流会にも参加して支持者の皆さんとの親睦も図った。

荒谷会長の代理として後援会の集会で挨拶をする機会があった。私が驚いたのは、二百人以上の会場で私の挨拶を聞く支持者の皆さんの真剣な眼差しと態度である。

秋田でも集会で講演をしたり話をすることがあったが、必ずどこかでお喋りをする人がいた。盛岡ではそれは一切なかった。さすが総理大臣を五人も輩出している岩手県である。

支持者との会話からも政治意識の高さを感じることが多かった。政治体験のなかった若干三十二歳の素人女性を県会議員に押し上げる政治風土が岩手にはあった。

吉田けい子県議を囲んで　2024年8月29日

『一握の砂』の石川啄木、「雨にも負けず、風にも負けず」の宮沢賢治、日本の政党政治の基礎を作り、「平民宰相」と呼ばれた原敬、「われ太平洋の橋とならん」を実践した国際人の新渡戸稲造、そして世界のスーパースター奥州市出身の大谷翔平がいる。

いつ会っても政治家ズレしない吉田けい子さんには、荒谷会長の「議員よりも首長に向いている」を実現する日を楽しみに待っている。

男鹿の塩「男鹿工房」

男鹿半島は北と南から海流が交わる魚稚が豊富な海場として知られている。三方の海に囲まれ自然豊かな土地で丁寧に塩を作っている「男鹿工房」は秋田県内にある唯一の塩工房だ。創業十八年目、この男鹿半島に塩工房を創業したのは、山形県鶴岡出身の大井真志雄さんである。名前からして「マシオ」なので塩とは縁があったと思われる。鶴岡から車で四時間もかけて男鹿に通い、「ゼロ」からスタートした。山形では新しく事業を起こす場合、行政などから様々な援助があるが、男鹿では何もなかったという。「広報おが」が届いたのも、「男鹿工房」の塩が売れ始めてからだ。

大井さんとは同じ年なので交流も深まり、山形に行く機会も増え、山形から多くのことを学んだ。漬物ひとつにしても、これを

どうやって売るか、消費者は何を望んでいるかを徹底して戦略を立てる。山形県内の道の駅はそのような商品がずらりと並んでいる。さすが東北で唯一の女性知事、吉村美栄子さんを誕生させただけのことはある。道の駅には、吉村知事のポスターが貼ってあるのも目についた。北都銀行の町田睿会長が「山形のおしんに学べ！」とはこの事だったのである。

男鹿塩の特徴は、自社開発の平釜を使用し、時間をかけて煮詰めることで溶けやすく、柔らかい独特な塩である。また藻塩は天然の健康食品だ。ベージュ色は自然の恵みの証であり、ミネラルを豊富に含んでいる。この藻塩は男鹿の良質な海藻に海水を含ませて出来た海水から作られる。大井さんは、塩の製造過程でできる「にがり」を地元農家に譲り、「男鹿にがり米」を誕生させた。男鹿の海水から生まれた天然にがりは、植物の根を活性化させて稲の生育を旺盛にする作用がある。

私は、男鹿の塩を地元と東京のバイヤーとのマッチング交流会や藤沢での「秋田フェアin湘南」で紹介し販売に努めた。

マッチング交流会　男鹿の塩　大井社長（右）

「アワビ」と「月の引力の見える町」

二〇〇七年三月、八森町と峰浜村が合併して誕生した八峰町は、秋田県北西部に位置し、東は県内唯一世界自然遺産「白神山地」と南は能代市、北は青森県に接している。

その八峰町で空き校舎を利用して、「白神アワビ」を養殖する日本白神水産という会社が設立された。これを誘致したのは加藤和夫町長だった。学校の体育館がアワビ工場になり、全国的にも話題になり、佐賀県の太良《たら》町から視察に来たことがあった。私は海の森づくり秋田支部長として、このアワビの餌が男鹿の昆布とワカメだったこともあり、この視察に立ち会う機会を得た。

九州人は率直な人間が多いので、「アワビ造り」についての本音でのやり取りがあった。この視察交流会は大いに盛り上がり、太良町側から「ぜひ、今度は八峰町の皆さんが太良町に来て欲しい」との要望があり、私は加藤和夫町長、日本白神水産社長等々佐賀県太良町を訪ねることになった。

太良町は佐賀県の一番南側に位置しており、東は有明海に面している。潮の干満の差が大きく最大は七メートルにもなり、「月の引力の見える町」と呼ばれている。有明海で捕れる「竹崎カニ」と養殖で生育されるカキは特産品。温暖な気候と清らかな水、有明海の潮風という好条件に恵まれ、昔からみかん栽培が盛んである。私は太

加藤町長と太良町町長　交流が深まる

良町で昼に出された生きたムツゴロウの刺し身を初めて食べたが、胃の中でムツゴロウが動いているのには驚いた。

加藤町長と一緒にお風呂に入り、目の前に広がる有明海と普賢岳の素晴らしい景色を眺めた時の感動を忘れることが出来ない。

夜の懇親会は佐賀弁と秋田弁が混じり合い、オールナイトの宴となった。

民主党政権の法務大臣 千葉景子氏と対面
“高等遊民”鈴木武彦（中央）
2011.4.18

秋田朝日放送インタビュー　2017.1.28

藤沢－秋田稲門会　合同応援！　2019.1.2

北斗星

神奈川県藤沢市の鵠沼《くげぬま》はビーチバレーなど日本のビーチスポーツの発祥地として知られる。訪れたことはなくても弧を描く海岸線の写真や映像を見たことがある人は多かろう▼藤沢市内で30年間教壇に立ち、鵠沼小学校長を務めて男鹿市に帰郷した加藤真一さんから長文の手紙をいただいた。先月秋田市で開かれた読書推進フォーラムを聴いた感想が記されていた。子どもたちの読書離れを憂慮する内容だった▼還暦を迎えて「残りの人生はわが郷里秋田への恩返しをしたいという想《おも》いが強くなりました」と手紙にはある。余生を静かに過ごすつもりはないらしく、男鹿市の活性化を目指す「秋田新生会議おが」に参加して精力的に活動を続けている▼その一つは、周辺の海岸線の感じが似ている男鹿と藤沢を結び付けることで、長く暮らした藤沢を訪れるたびに男鹿の焼きそばとしょっつるを持参する。知人に配り、感想を求めて特産品づくりの参考にするのだという▼これは県外に人脈のあるUターン者が持つ強みなのかもしれない。良い物をつくっても大勢の人たちに知ってもらわなければ、広がりは期待できない。知名度については昨日来社した韓国観光公社の金大晧《キムデホ》仙台支社長が話していた▼「秋田で撮影したドラマ『アイリス』が韓国で放映されると、国内で秋田が知られるようになった。この効果は大きい」。何かきっかけをつかめば状況が一変する場合がある。そのきっかけは待っているだけでは訪れないのだが。

2010年11月19日

言葉は難しい

11月19日の本紙「北斗星」を読み、ちょっと考えさせられたことがあった。

それは、男鹿市出身の加藤真一さんとおっしゃる方が、それまで住んでいた神奈川県から男鹿に帰郷。そして、還暦を迎えて、

「残りの人生はわが郷里秋田への恩返しをしたいという想いが強くなりました」

と書かれた手紙が、魁新報社に届いたという内容である。私が気になったのは、「北斗星」の執筆者が次のように書いていた部分だ。

「（加藤さんは）余生を静かに過ごすつもりはないらしく（後略）」

そう、「余生」という言葉だ。『広辞苑』には「残りの人生。老後に残された人生」とある。加藤さんご自身は、30年間教壇に立ち、小学校長も務めた後で帰郷されており、この第2ステージを「余生」ととらえることはできる。また、加藤さんご自身が手紙に「残りの人生」と書かれている以上、「余生」ととらえていいと思う。

しかし、「余生」という言葉を、他人が言ったり書いたりしていいのかということを、私個人は考えてしまう。「余生」は本人が口にすることはいいが、他人が誰かに向かって遣うのは、非常に難しい言葉のように思う。

というのは、「余生」には「残り少ない人生」というニュアンスがあることがひとつだ。『広辞苑』における「残りの人生」という意味では、15歳にも当てはめていいのだろうが、一般的には「老後に残された人生」という意味が強いだろう。となると、他人が「余生」と言うのは、やや配慮に欠けるような気がするわけだ。

また、「余生」の年齢のとらえ方は多様だという理由がひとつ。大病から生還した人は、20代でも「余生」と感じるかもしれないし、一方、80代や90代でもまったく「余生」だなんて思ったこともない人たちもいるはずだ。ふと思い浮かべるだけでも、90代でバリバリの医師、女優、俳人、映画監督等々いくらでもいる。

彼らに向かって他人が、

「余生は静かに過ごせませんね」

などと言ったら、

「余計なお世話だ。お前こそ静かにしてろ」

と言われるだろう。

加藤さんの手紙は、紙面ではほんの3行しか紹介されていないため、もしかしたら「余生」という言葉がどこかにあったのかもしれない。だが、そうであっても他人は遣わない方が無難だと、私は考える。少なくとも、紹介されている3行では、ご本人は「残りの人生」と書いている。これを他人が「余生」としては、人によってはムカつくのではないか。言葉は難しい。

世間には、他人が遣わない方がいい言葉が色々ある。たとえば女性に対して「貫禄」という言葉。堂々として立派というほめ言葉のつもりでも、女性の側は「でっぷりして重々しいオバサン」と受け取りがちだ。自分で、

「何か貫禄ついちゃって」

と言うならいいが、他人は「存在感がある」とか言葉を選ぶべきだろう。

また、「いい人」も避けた方がいいかもしれない。「いい女」「いい男」はほめ言葉だ。しかし、「いい人」となると違ってくる。「いい女」や「いい男」には、色香や気風なども匂い立つが、「いい人」というのはほめようがなくて言っている感じもある。あるいは性格だけがほめられている印象だ。むろん、性格は何より大切だが、私の女友達がある時ムカついていた。聞けば、今、有名企業の社長と仕事をしているとかで、社長は彼女に言ったそう。

「僕の部下たちが、君はどんな人かって聞くんだよ。だから、僕はほめといたからね。『美人じゃないけどいい人よ』って」

これをほめ言葉と思う貧困さ。私は彼女に言った。

「次に社長に会ったら、『余生は静かに過ごせませんね』って言ってやれッ」

（脚本家、秋田市出身）

毎月第1、第3日曜日に掲載

2010年11月

男鹿を広めたい

やきそばを広める会副会長　加藤　真一さん

人　あきた

父親の介護のため、定年まで2年を残し、09年に神奈川県藤沢市から故郷の男鹿へ戻った。少子高齢化や過疎化は知ってはいたが、相次いで統廃合される学校やシャッター商店街など、目の当たりにした現実の厳しさは想像以上だった。「このままじゃいけない」。男鹿を盛り上げようと決意した。

大学では地方自治を専攻。卒業後から退職まで約35年間、藤沢市で暮らした。地方分権が叫ばれるようになった80年代、藤沢市も「市民参加の住民自治」を目指す動きが盛んになった。加藤さんは教諭として働くかたわら、市民委員として男女共同参画や環境審議会などに参加。市民の意見を発信した。藤沢市の反応は早く、ごみの分別収集や小中学校へのソーラーパネル設置などに、いち早く着手した。「大企業が多く、財政的な余裕もあったが、市民の意識が高かった」と振り返る。

こうした経験から「行政に頼るのでなく、住民が変える気にならなければ変わらない」と言う。その言葉通り、自ら動き始めた。男鹿の活性化を話し合う「秋田新生会議おが」を通じて男鹿の商工会と知り合い、「男鹿のやきそばを広める会」に参加した。

「男鹿しょっつる焼きそば」は魚醤《ぎょしょう》のしょっつるで味付けされ、エビやカニの爪など具だくさんの海鮮焼きそば。おいしいだけでなく、海のある男鹿を連想させる。昨年8月にはB級グルメの祭典「B－1グランプリ」に初出展した。「焼きそばをきっかけに男鹿に来てもらい、ジオパークやなまはげなど、秋田を代表する観光地を楽しんでもらえれば」と話す。

また、藤里町のまちおこしに取り組む同町出身の藤原弘章さん(57)とは、共に藤沢市で教諭をしていた縁で、互いに協力。ジオパークの男鹿と、世界遺産の白神山地の藤里を藤沢市に売り込み、交流を図ろうと活動している。藤沢市の夏祭りに合わせ、同市の鵠沼海岸商店街で2回目の特産品フェアを開く予定だ。活動はトヨタ財団から400万円の助成を受けており、「いずれは商店街にアンテナショップを」と意気込む。

「一つの仕掛けだけでは広がらない。人脈をフルに生かして男鹿を広めたい」。これからも市民の立場から男鹿をもり立てていくつもりだ。【田原翔一】

かとう・しんいち　男鹿市出身。男鹿のやきそばを広める会副会長・街おこし応援隊長。上智大法学部卒。09年まで神奈川県藤沢市内で小学校教諭を務めた。61歳。

2012年8月13日

2016年4月18日

月曜論壇

藤沢市とのパイプの価値

根《ね》岸《ぎし》　均《ひとし》

新年度がスタートした。受験や進学、就職などで夜行バスを利用した人も多かっただろう。県南の人以外にはなじみが薄いかもしれないが、仙北市のＪＲ田沢湖駅と神奈川県藤沢市の間に、横手市経由で夜行高速バス（レイク&ポート号）が1日1往復運行されている。羽後交通と江ノ島電鉄による共同運行である。

ここで登場する「藤沢市」が本稿のテーマであり、男鹿市在住の加藤真一さん(65)からいろいろ教わった。藤沢市で行われた「男鹿・由利本荘の食&観光フェア」が1月24日付本紙で紹介されているが、加藤さんはその仕掛け人である。藤沢市の小学校長を務めた後、出身地の男鹿に戻り、地域おこしで精力的に活動している。

雪深い秋田に住む私たちは「湘南」という言葉からどんなことを連想するだろうか。私はまぶしい太陽の光を思い浮かべる。車の湘南ナンバーはドライバーの憧れの一つと聞く。藤沢市はその湘南の中心都市であり、全国に名が知られた江の島や辻堂海岸を有し、鎌倉にも近く観光都市としての性格も持つ。慶応大学(藤沢キャンパス)など4大学、伝統ある湘南高校が所在し、文教の地でもある。人口は42万3千人を数え、この10年で約2万人増えている。

太平洋側と日本海側それぞれの象徴のような藤沢と秋田。この間に夜行高速バスという「パイプ」があるのだ。

秋田にあって藤沢にないもの、藤沢にあって秋田にないもの。いくらでも出てきそうである。想像するに、藤沢市民にとって秋田の認知度は低いと思う。残念ではあるが、逆にそれが目の付けどころというものだ。

まずは、新鮮な農水産物を活用した交流が頭に浮かぶ。当初は臨時的な販売にしても、いずれは恒常的な販売システムを築きたい。

ところで最近、秋田市土崎港の旧式うどん自動販売機が全国的な話題になった。旧式の機械と人のつながりが醸し出す素朴さというか頑固さが、現代人の心を引き付けたのだろうが、価値観の多様性や意外性を改めて痛感した。

本県の人・モノ・自然に関しても、もっと意図的に「外の目」にさらし、評価の多様性、意外性に委ねてみるべきでないか。「秋田には良いものがいっぱいある」と秋田の中で叫んでみても、その価値が客観的に認められるとは限らない。

現在も人が住む角館の武家屋敷や増田の内蔵、乳頭温泉郷や玉川温泉など多くの秘湯、太平洋とは趣が違う荒々しい男鹿の海、小坂町のブルートレインあけぼの号ホテル、世界に知られた秋田犬―。これらは、湘南の人々の目にどう映るのだろう。

人の交流も深めたい。夜行バスやチャーター便を利用して、子どもたちの短期内地留学、慶応大学や湘南高校との交流、スポーツ交流を試みてはどうか。中高年が気軽に行き来できる仕組みもほしい。

このルートは、羽後交通と江ノ電という民間2社の経営判断で運行されているが、交流を進める上で大きな可能性も運んでいる。加藤さんの弁を借りると、このパイプを利用・活用しない手はない。

（元県教育長、横手市住）

2016・4・18

「ここが聞きたい」

秋田―湘南プロジェクト

停滞する地方を元気に

加藤 真一さん(66)＝「ナマハゲの里!!活発男鹿」食のモデル地域協議会会長

神奈川県の湘南地域との交流を通じて本県の活性化を図る「秋田―湘南プロジェクト」に3年前から取り組んでいる。秋田の食をPRしているほか、来月27日にはJR辻堂駅（神奈川県藤沢市）の開設100周年記念イベントを通じて本県とのつながりを深める。プロジェクトの中心人物で、「『ナマハゲの里!!活発男鹿』食のモデル地域協議会」（男鹿市）の加藤真一会長に、地方と首都圏の交流の意義などを聞いた。

―記念イベントではどんなことをするか。

加藤 北秋田市出身の成田為三（1893～1945年）が作曲した「浜辺の歌」は林古渓《こけい》（1875～1947年）が作詞した。林は幼い頃に藤沢市で暮らし、当時見た辻堂海岸に思いをはせて作詞したといわれる。12月1日から辻堂駅の発車メロディーが浜辺の歌になることから、為三ゆかりの「浜辺の歌音楽館少年少女合唱団」（北秋田市）が藤沢を訪れ、地元の児童合唱団と共に浜辺の歌を披露する。

―これまでの活動は。

加藤 毎年1月に食のモデル地域協議会の農家や食品加工業者のほか、JA秋田しんせい（由利本荘市）の職員らが藤沢で、コメや野菜、菓子など特産品を販売している。毎回、ほぼ完売の状況だ。江ノ島電鉄の車両になまはげと市女笠姿の小町娘が乗って秋田を売り込んだり、秋田内陸縦貫鉄道をPRしたりもしている。

―なぜ秋田と湘南なのか。

加藤 都内の大学を卒業後、藤沢で約30年間教員生活を送り、男鹿市へ戻った。故郷の衰退ぶりに驚き、何とかしたいと地域おこし活動に携わるようになった。その中で知人が多い湘南に男鹿や秋田の食などを売り込み、誘客を図ろうと考えた。取り組みを始めると、藤沢と仙北市の間で高速バスが運行され、浜辺の歌のような文化的なつながりがあることも分かった。

―湘南の住民の反応は。

加藤 非常に好感触を得ている。特産品販売はリピーターが増え、住民の間で定着しつつある。多くの人が電車内でなまはげの写真を撮る姿が見られ、なまはげは重要な観光資源だと再認識した。秋田に足を運んでもらうよう知人に声を掛けているが、わらび座で観劇した人や竿燈まつりを見物した人からは「秋田にあんな劇団があるなんて驚いた」「竿燈は生で見るとすごい迫力」といった声が聞かれる。

―秋田が首都圏と交流する意義は。

加藤 人口が増え、経済活動も活発な都市とつながることで停滞する本県を活性化させたい。地方を元気にすることで、人や物の一極集中に歯止めをかける意味もある。

―今後、どう展開するか。

加藤 湘南の人々にとって、秋田はあまりなじみがなかった所。だからこそ興味、関心を持つ人が多いのだと思う。現在、プロジェクトに関わっているのは男鹿や由利本荘など一部の地域だけだが、将来は秋田全体の食や観光をアピールしたい。

（聞き手＝佐々木翔吾）

かとう・しんいち 50年10月、男鹿市生まれ。上智大法学部卒。神奈川県藤沢市で小学校教員を務め、09年に鵠沼小校長で退職後、帰郷。13年から食のモデル地域協議会会長のほか、おが東海岸推進協議会会長、地域資源の会秋田代表。男鹿市住。

2016年10月28日

秋田と湘南の橋渡し

スポットライト

昨年11月末、湘南の辻堂海岸（神奈川県藤沢市）に北秋田市の子どもたちの歌声が響いた。穏やかな波が打ち寄せる冬の海岸で歌ったのは「浜辺の歌」。北秋田市出身の成田為三が作曲したこの曲は、辻堂海岸が舞台とされる。

元々秋田と藤沢の子どもたちの合唱交流を企画していた所へ、藤沢の知人からJR東海道線辻堂駅の開業百周年の記念イベント出演を打診された。仲介役を務め、ゆかりの地での合唱が実現した。

○――☆

「湘南の海で歌いたいという北秋田の子どもたちの思いをかなえてやりたかった。海岸に天使の歌声が響いた時はとても感動した」と振り返る。

故郷の活性化に奔走 加藤　真一さん(66)

人脈を生かし、故郷を愛する立場から提言と行動を続ける＝男鹿市

かとう・しんいち　秋田南高から上智大学法学部に進み、卒業後、30年以上神奈川県藤沢市で暮らす。小校校長を定年前に辞め帰郷。地域資源の会秋田代表などを務める。生まれ故郷でもある男鹿市在住。

大学卒業後、小学校教師として赴任した藤沢で、障害児教育の在り方などで市に提言を続けた。母親が2009年に亡くなり、父親の介護のため定年前に退職して男鹿に帰郷して、その疲弊ぶりに驚いた。18歳で東京に出た時5万人ほどいた人口は、3万人を割り込もうとしていた。

「国定公園、ジオパーク、ナマハゲ。地域資源がありながら結果が出ていない。仕掛けによって人は来るはずなのに」

「男鹿のやきそばを広める会」の副会長を手始めに、市民を巻き込む運動にのめり込む。13年、会長を務める「『なまはげの里!!活発男鹿』食のモデル地域協議会」が農水省の助成事業となった。

15年には「おが東海岸推進協議会」を立ち上げた。西海岸に比べ東海岸は観光客の集客力が弱いが、砂浜が続く海岸線は湘南の海に似ていた。地元のそば打ち名人らと組み、耕作放棄地を活用、昨年の収穫祭には約100人が参加した。

○――☆

湘南との結びつきを秋田再生の起爆剤にしたい。そんな思いで3年前に始めたのが「秋田の食&観光フェア」だ。江ノ電の車内をナマハゲが練り歩く様子はテレビにも取り上げられた。今年も21日から2日間、JR藤沢駅で開く。高速バスが藤沢と田沢湖・角館を結ぶ縁で声を掛けた秋田内陸縦貫鉄道も参加する。

「行政や商工会、JAなどと一緒に取り組むことが大切。一人何役もやらないと間に合わない」と笑う。

高速バスを活用した新たな観光ルートの構築、子どもたち同士の相互訪問、神奈川の消費者と秋田の生産者との交流深化など、やりたいことは多い。実現に向け、エネルギッシュにひた走る。

（加賀谷直人）

2017年1月16日

対話 会話

価値観多様化で肥大する個

加藤《かとう》 真一《しんいち》

本紙の月曜論壇で前県教育長・根岸均さんの「少子化と『知の軽視』」を読んで同じ教育現場に携わった者として大いに触発され、同時に深く考えさせられた。

根岸さんの主な内容をつづるとこうだ。「今の日本には『結婚適齢期』という概念はないのかもしれないが、人間も生物である以上『出産適齢期』は厳然として存在する。しかし、若い人は出産適齢期について曖昧な理解しかしておらず、世間も出産は『個人のこと』として、この問題に触れることはない」

そしてこう締めくくり、問題提起しているのである。「結果として若い人たちが生存に関わる根本・土台部分について『無知』のままに置かれている。多様な価値観の尊重が結果として『知の軽視』につながっているのではないか」。最後の言葉は鋭く突き刺さるものがあった。

戦後民主教育を受けて育った自分自身が教壇に立って「個人の尊重」や「価値の多様化」の大切さを説いてきた。戦後70年を迎えようとしている今、社会的風潮を見たとき、多様な価値観の中で「個人の尊重」が叫ばれる一方、ややもすると「肥大化した個人」に流されているのではないかと危惧することがある。

バスや電車に乗っていると、隣にお年寄りや体の不自由な人がいても耳にはイヤホンを着けて携帯電話とにらめっこしている若者を多く見掛ける。衆院選が公示されたが、若い人たちの政治への関心は薄く、年々投票率は下がっている。「若者は社会の鏡」と言われ、確かに大人社会の反映であるが、自分の世界としか向き合わない若い人が増えてきているように思う。

人間は全て社会的動物である。だが、この「社会」がすっぽり抜けて肥大化した「個」だけが闊歩している風潮は、戦前の「滅私奉公」が、極端な「滅公奉私」に反転した姿と言ってもいいのではないか。どうも私たちは「物分かりの良い大人」をやり過ぎたのかもしれない。

私事で恐縮だが過日こんな体験をした。首都圏で暮らす教え子たちと食事会の日程を決めるときのことだった。教え子たちが自分の都合を言い張るので「こっちは遠く秋田から出掛けて行くのだから合わせろ」と一喝した。皆がそれぞれの都合を言い出せばまとまらない。これが民主主義の落とし穴である。

確かに「出産」は「個人のこと」かもしれない。しかし人間が社会で生きている以上、「個人のこと」だけではない。根岸さんが提起しているように、若者たちが主体的な判断力を身に付けるためにも私たち大人から多少のおせっかいを覚悟して「知の伝達」を遠慮することなく発信していくことが必要ではないかと思う。

1970年代、「地方の時代」が叫ばれ、神奈川県には「革新ベルト地帯」と称されるほど、多くの首長が誕生した。30年近く暮らした湘南の中核都市・藤沢市もその一つだった。今また東京一極集中が招く人口急減による「地方消滅」が指摘されている。秋田県は少子高齢化の先端を行っている。課題山積だからこそ解決モデルを秋田から発信できればと考えている。

幸い地元秋田から起業する若者も増えてきている。この若者たちと連携して食・農・観による地域活性化を実現するためにも、少しおせっかいをしようと考えている。

（男鹿市船川港、元校長、地域資源の会秋田代表、64歳）

2014年12月6日

男鹿市北浦の漁業考えるシンポ

海底の「磯焼け」確認

藻場再生へ漁師ら議論

男鹿市北浦の漁業について考えるシンポジウムが8日、県漁協北浦総括支所で開かれた。地元漁師のほか市内外から約40人が、藻場再生を通じた漁業振興について意見を交わした。NPO法人海の森づくり推進協会県支部（加藤真一支部長）の主催。

同推進協が、今年6月に相川、湯ノ尻の沿岸で実施した藻場調査について報告。海底の藻場が枯れる「磯焼け」が確認され、ハタハタの産卵場となるホンダワラ類が減っている状況を水中映像で示した。

県水産振興センター増殖部の中林信康主任研究員は「今秋田の海で起きている事」と題して基調報告。ホンダワラ類を食べるムラサキウニが増えていることに触れ、「ハタハタへの影響がないか注視している」と述べた。

2007年の大しけで荒れた北浦の藻場が、8年かけて再生していることも紹介。「自然現象なら回復する。だが、開発によるものは、原因が取り除かれなければ回復しない」と指摘した。

地元の漁師2人と同推進協代表理事の松田惠明・鹿児島大名誉教授、中林研究員が意見交換。漁師の一人は、北浦地区のマツ枯れと藻場の減少の時期が重なることを指摘し「植林をしてはどうか」と提案した。中林研究員は「淡水が一気に海に流れ込まないよう山の保水力を高める意味では大切」などと答えた。

このほか、参加者からは、北浦で水揚げされるハタハタや海藻のクロモをブランド化すべきといった意見が出された。

（佐藤勝）

藻がまばらな相川沿岸の海底＝6月10日、海の森づくり推進協会県支部提供

漁師らが藻場の再生について意見を交わしたシンポジウム

2015年9月10日

県央

男鹿支局 ☎ 0185-23-2303 FAX 0185-23-2880
南秋田支局 ☎ 018-888-1840 FAX 018-823-2080
本荘支局 ☎ 0184-24-3122 FAX 0184-24-3124

活性化へ市民組織設立
「東海岸」売り込もう
男鹿 観光ルート構築図る

男鹿半島北東地域の活性化を図ろうと、地元住民らが20日、市民組織「おが東海岸推進協議会」を立ち上げ、同市男鹿中の浜間口公民館で初会合を開いた。農家や飲食店主、地域おこしに取り組む団体の代表ら10人が出席。浜間口地区や五里合地区などの地域資源をつなぎ、新たな観光ルートの構築を目指すことを確認した。

「東海岸」の活性化構想は、男鹿の魅力発信に取り組んでいる同市船川港の加藤真一さん(65)が提唱。門前や戸賀などの「西海岸」と同様に、観光地として北浦や五里合、宮沢方面の知名度も高めようと、沿岸部を走る国道101号を軸に食と景観の素晴らしさを広めていく活動を呼び掛けている。

初会合では会長に加藤さんを選び、推進拠点を浜間口地区に置くことを決めた。同地区では農家グループ「男鹿にがり米愛好会」が耕作放棄地でソバを栽培し、ブランド化を目指している。協議会ではこうした動きを周辺集落にも波及させたいという。

来年度の活動計画には、夕日フォトコンテスト(6月)や海岸クリーンアップ(7月)、強風体験ツアー(11月)などを盛り込んだ。浜間口周辺の山林やジオスポットを巡る散策コースの整備にも着手するという。

男鹿半島の北東地域の活性化について話し合った東海岸推進協議会

2015年12月21日

地方点描

東海岸構想

大桟橋や桜島など奇岩が数多い男鹿半島の西海岸は、男鹿市を代表する観光ルートだ。一方、浜間口地区から五里合方面にかけての半島北東部は観光地化されずにきた。点在する集落は人口減少で荒れた農地が目立つようになり、地域活力の衰退に危機感を感じている住民は多い。こうした中、沿岸の国道101号沿いにある食や農産物の魅力をつなぎ、観光ルートとして売り出そうという「東海岸構想」が浮上。昨年暮れには地元の農家や飲食店主らによる推進協議会が立ち上がった。

構想は、首都圏で男鹿の魅力をPRする活動を続けている同市船川港の加藤眞一さん(65)が昨春から温めてきた。浜辺の海岸線を走る国道101号は、ドライブだけでなく、サイクリングを楽しむ人も多い。通過点である浜間口は昨年、耕作放棄地がソバ畑に生まれ変わり景観が良くなった。五里合ではのどかな田園で営むカフェが人気だ。北浦相川のブルーベリーガーデンは摘み取り体験が好評。構想は、それぞれファンを抱えているスポットが連携することで一層の誘客を図るというものだ。

同協議会は今春から活動を本格化させる。浜間口の「浜のそば」のブランド化を進めるとともに、五里合の中石地区が主産地の男鹿梨を使ったスイーツなどを販売。ジオサイトを含む散策コースの整備や、浜辺のクリーンアップ、冬の日本海の強風体験ツアーなども計画している。

活動計画を決めた先月の会合では、住民が積極的に地元の情報を提供。アイデアは尽きることなく湧き出た。構想は、地域再生を願う人々の思いとともに膨らみ続けている。(男鹿支局長・佐藤勝)

2016年1月8日

地方点描

四つの「そば」

男鹿半島は、海の青と新緑のコントラストが美しい観光シーズンを迎えた。有名な観光地に乏しい半島北東地域では現在、海岸線を走る国道101号を軸に誘客を図る取り組みが進められている。

活動の拠点は男鹿市浜間口地区。耕作放棄地を活用しソバ栽培に取り組む市民有志と地区住民らでつくる「おが東海岸推進協議会」（加藤真一会長）が中心となり、自然や農産物、食の魅力を掘り起こし、観光振興につなげる活動を展開している。今年は新たな観光資源の開発に重点を置いた。

協議会は、観光資源をつくる上で「四つのそば」を地域の魅力として位置付けている。一つ目は、南磯や西海岸とは趣が異なる砂浜。二つ目は、小高い丘と静かな杉林が織り成す里山の雰囲気。三つ目は、お山（本山・真山）を源流に田園地帯を潤す滝川の流れ。四つ目は、夕日をバックに広がるソバ畑の風景。いずれも浜間口の周辺（そば）にある景観だ。

小さな集落で、海、山、川の景色をいっぺんに味わえるメリットを生かし、協議会は環境省の自然歩道「新・奥の細道」を一部活用した約4キロの散策コースを設定した。高台から望む海岸線、のどかな棚田の風景、森林浴を楽しめる林道のほか、大地の成り立ちを伝える地層など歴史スポットも点在する。実際に歩いてみた住民は、「近くに住んでいるのに知らない場所がある」と話し、近場の魅力を再発見した様子だった。

男鹿市では人口減を背景に、地域力の低下が懸念されている。浜間口の取り組みが一つの成功例となり、周辺に波及していくことを期待したい。

（男鹿支局長・佐藤勝）

2016年6月1日

県央

男鹿支局
☎ 0185-23-2303
FAX 0185-23-2880

南秋田支局
☎ 018-888-1840
FAX 018-823-2080

本荘支局
☎ 0184-24-3122
FAX 0184-24-3124

浜のそば ファンになって

男鹿市浜間口 協議会が種まき体験会

耕作放棄地を活用してソバ栽培に取り組んでいる男鹿市男鹿中の浜間口地区で24日、種まき体験会が開かれた。海に面した約10㌃の畑に市内外の約40人が集まり、潮風に吹かれながら手で種をまいた。

男鹿半島北東地域の活性化に取り組む「おが東海岸推進協議会」（加藤真一会長）の主催。協議会に所属する市内の農家有志が昨年から、地区内の約1・8㌶でソバ栽培に取り組み、海の近くで取れた「浜のそば」として売り出している。

2年目の今年は、ファン拡大を目的に種まき体験会を企画した。参加者を前に加藤会長は「浜間口のソバ畑をベースに、男鹿半島の新たな観光スポットをつくりたい。思いを込めて種をまきましょう」とあいさつした。

海に面したソバ畑に種をまく参加者

2016年7月27日

男鹿・浜間口の魅力発見

豊かな自然 そば で体感

市民ら海、川、山、畑を散策

男鹿市の浜間口地区の魅力に触れる散策会「四つのそばめぐり」が27日開かれ、市内外から参加した約40人が、森林や海岸、ソバ畑などを通る約4キロのコースを歩き、同地区の自然の豊かさを体感した。

男鹿半島の北東地域の活性化に取り組む「おが東海岸推進協議会」（加藤真一会長）の主催。同協議会は浜間口地区を活動拠点と位置付けており、すぐそばに海、川、山、ソバ畑の四つがある恵まれた環境をPRしようと企画した。

午前9時半ごろ、地区内を流れる滝川の河口付近をスタート。地元住民の案内で、フクロウをテーマにしたアート作品が並ぶ屋敷「フクロウの館」（大高一雄さん宅）や、集落を見下ろす高台、佐沢姓と大高姓が大半を占める集落墓地などを見学し、「新奥の細道」にもなっている林道を歩いた。

林道を抜けてしばらくすると、真っ青な日本海をバックに白い花が咲きそろったソバ畑が眼下に現れ、参加者からは「わあ、きれい」などと声が上がった。引き続き、海岸に出て地層を見学し、男鹿半島・大潟ジオパークガイドの説明に耳を傾けた。

約2時間の散策を終えた参加者は、浜間口公民館で地区産のそば粉を手打ちした「浜のそば」に舌鼓を打った。友人と参加した秋田市の勝田百合子さん(67)は「ありのままの自然に触れられた気がしてうれしかった」と笑顔を見せた。

（佐藤勝）

白い花が咲きそろった浜間口のソバ畑

海岸の地層を見学する参加者

2016年8月28日

県央

男鹿支局
☎ 0185-23-2303
FAX 0185-23-2880
南秋田支局
☎ 018-888-1840
FAX 018-823-2080
本荘支局
☎ 0184-24-3122
FAX 0184-24-3124

男鹿の新そば堪能

市内外80人、海岸散策も

浜間口

「浜のそば収穫祭」が22日、男鹿市浜間口地区を主会場に開かれた。市内外の約80人が海岸散策などを楽しんだ後、この秋収穫した新そばを味わった。男鹿半島北東地域の活性化に取り組む「おが東海岸推進協議会」（加藤真一会長）の主催。

同地区では協議会に所属する市内の農家有志が、耕作放棄地約1・8㌶でソバを栽培し、海の近くで育てた「浜のそば」として売り出している。開始式で加藤会長は「浜間口を男鹿再生への活動拠点と考えている。足を運んでもらうことで活性化につなげたい」と歓迎した。

参加者は地元住民らの案内で地区の見どころを歩いた。砂浜では貝殻を拾い、山道では色付く木々に秋を感じながら約1時間、心地よい汗を流した。

新そばに舌鼓を打つ参加者

浜間口地区の浜辺を歩く参加者

散策の後、参加者は男鹿中公民館へ移動。手打ちの十割そばと、五里合地区の「こおひい工房・珈音」のブレンドコーヒーを味わった。湯沢市から訪れた佐藤忠平さん(75)は「一度食べてファンになった。新そばはこしが強くておいしい」と笑顔を見せた。

収穫祭ではサイクリングや料理講習会、地元農産物の直売なども行われた。（佐藤勝）

2016年10月23日

居間を改装した作業場を案内する進藤さん（右）

男鹿のそば文化発信

角間崎の進藤さん

男鹿市浜間口地区でソバ栽培に取り組む同市角間崎の農業進藤由秀（よしひで）さん(64)が自宅近くの空き家を借り、そばを手打ちする製造所「浜のそば・そば工房おが」を開いた。そば打ち体験ができるスペースも備えている。２日には浜間口住民のほか、県と同市、市内商工観光の関係者ら約30人を招き内覧会を行った。

空き家改装、工房オープン

進藤さんは、そば打ちの趣味が高じて、４年ほど前からはソバの栽培も始めた。昨年から、角間崎の農家有志と共に浜間口の耕作放棄地1・8㌶で栽培に取り組み、海の近くで育てた「浜のそば」として売り出している。

そば打ちの技術は、いまや講習会の講師を務めるほどの腕前。現在は同市船越のそば店に頼まれ、手打ちした「浜のそば」（十割そば）を提供している。浜のそばの普及は、食と観光を通じて男鹿半島の北東地域の活性化を図る「おが東海岸推進協議会」（加藤喜一会長）の活動の一環でもあり、進藤さんは同協議会の事務局長を務めている。

浜のそばを試食する内覧会の参加者

この日の内覧会で、同協議会の加藤会長は「そばという男鹿にとって新たな食文化をここから発信していきたい」とあいさつ。関係者らは進藤さんの案内で台所と居間を改装した作業スペースを見学。続いて、そば打ち体験などができる広間に移り、浜のそばを試食した。

浜のそばは現在、受注生産で出荷している。進藤さんは「さまざまな人の協力で、スタートラインに立つことができた。農家民宿など今後の可能性を探りながら、ここから男鹿のそば文化を発信していきたい」と話した。

浜のそばと工房に関する問い合わせは進藤さん☎080・1818・7382

（佐藤勝）

空き家を活用した「浜のそば・そば工房おが」

2016年10月22日

Vol.12　秋田ニュース　(1)

農林水産省 東北農政局
秋田ニュース
第 12 号　平成28年12月発行

［秋田県拠点では、管内農業者及び関係者等の方々の地域活性化に向けた最新の取組を紹介します。］

Akita Branch Office, Tohoku Regional Agricultural Administration Office

四つの"そば"で地域を活性！
～おが東海岸推進協議会の取組み～

浜間口の海岸沿いに広がる蕎麦畑

男鹿市浜間口地区は、約５０戸と小さな集落でありながら、海・川・山の景観を一度に楽しむ事ができる所です。

おが東海岸推進協議会（加藤真一会長）は、浜間口地区とその周辺地域の魅力を発見し、既存の財産と新たに地区の耕作放棄地を活用したそば栽培を融合させた地域活性化の取組みを進めています。

平成27年からは、浜間口地区を中心とした男鹿北東地域に県内外から観光客を呼び込もうと四つの"そば"（海の側、川の側、山の側、そばの側）をキーワードに地元町内会と連携して観光と食を融合させたイベントを開催しており、回を重ねるたびに知名度も上昇中です。

加藤　真一さん
（かとう・しんいち）
1950年男鹿市生まれ。大学卒業後、神奈川県藤沢市で小学校教員、校長を務め、２００９年退職後帰郷。
2015年おが東海岸推進協議会会長のほか2013年からナマハゲの里!!活発男鹿」食のモデル地域協議会会長、地域資源の会秋田代表。
男鹿市在住。

男鹿浜間口地区 四つの「そば」

海のそば

北浦層の露頭、真砂(まさご)の浜辺。キス、スズキなど漁獲される他ブリコ、アオサ等が打ち寄せる。過去にマンモスの臼歯が発見されたことも・・・。

川のそば

集落の中央部を流れる男鹿一長大な滝川。海の河口部からは、ヤツメウナギやサケが遡上。かつては子供達の水遊び場となっていました。

山のそば

東側に広がる山と丘陵。「新奥の細道」にも選ばれ、格好のトレッキングコース。四季折々の草花が楽しめ、山菜も豊富で「山の幸」もたっぷり味わえます。

蕎麦のそば

耕作放棄地を活用し、そばを栽培。条件不利地でしたが、にがり米愛好会、地域町内会の協力の下で現在は「浜のそば」として各方面から注目されています。

加藤会長に伺いました！

―協議会発足のきっかけは・・・・

5年前、帰郷した時、地域の衰退ぶりに愕然とし、同時に「地域を元気にしたい」との思いが込み上げてきました。

現在、東海岸地区は観光名所である西海岸地区(門前、戸賀等)の単なる通過地点ですが、あの海岸ラインは湘南海岸に負けない美しさがあり、この場所に観光と食で人を呼び込もうと考えました。

そんな時、同じ思いを持った男鹿にがり米愛好会やそば打ち名人の進藤さん、ジオガイドの夏井さん達との出会いをきっかけに平成27年12月に協議会を立ち上げました。

―地元住民がたくさん参加されてるようですが・・・・

協議会発足当初、住民の方々は「よそもんが何やりだすんだ？」と不安だったと思います。地域おこしは住民の協力無しでは成り立たないので、当時、浜間口町内会長に相談したところ共感していただき、住民への説明や協力依頼を進んでやっていただきました。大変感謝しています。今では、住民の皆さんから率先して参加してもらってます。

―今後の展開について・・・・

東海岸沿いの耕作放棄地を一面そば畑にしたいし、浜のそばや地元の農産物を県外へ売込み、県外からの集客力アップを目指したい。

そのための新たな仕掛けとして地産の山菜やブルーベリーと浜のそばのコラボ、「新奥の細道」オリエンテーリングと滝川カヌー体験のコラボなど、地域の魅力を前面に出した企画を検討しています。

いずれにしても住民の協力なくして成功はないので、これからも地元住民との繋がりを大切にしていきたいと思ってます。

2016年12月

地方点描

人ごと

先日、「おが東海岸推進協議会」のメンバーに男鹿市浜間口地区を案内してもらった。市民有志らでつくる協議会は、男鹿半島の北東部に位置する浜間口と周辺地区の魅力を発信するため、耕作放棄地を活用したソバ栽培などを進めている。活動は多くの人に知られるようになり、収穫したソバを打った「浜のそば」を食べに東海岸を訪れる人は増えているという。

協議会会長の加藤真一さん(66)は神奈川県藤沢市で教員を務めた後、古里の男鹿市に戻り地域活性化に向けたさまざまな活動に取り組んでいる。その中で、県外の人から本県に対する意見を聞く機会も多い。

いくつか教えてもらった中で、最近異動で本県を離れた人が話したという言葉が印象深い。「秋田の人にアドバイスをしても、心底危機感を持って受け止めていると感じられない。どこか人ごとと捉えているのではないか」

加藤さんも、地域活性化の取り組みについて、人ごとのように「まだそんなことをしているのか」と言われた経験があるそうだ。それでも「何とかしたい」との思いで仲間や地元の人と一緒に続けてきた。関わる人が「自分ごと」として動いているから、成果が表れてきているのだろう。

先日の男鹿市長選で主な争点となった複合観光施設計画。施設が建ったとして、これが活性化につながるかどうかは、地域の人の動き方にかかっている。また、同市は人口減少をはじめ喫緊の課題が多く、「人ごと」で済ませている余裕はない。行政、民間ともに「自分が何とかする」という思いを持って取り組むべきだろう。

（男鹿支局長・三浦ちひろ）

2017年4月18日

「浜のそば」学生ら種まき

男鹿浜間口 ファン獲得へ体験会

雨の中、ソバの種をまく参加者

男鹿半島北東地域の活性化に取り組んでいる「おが東海岸推進協議会」（加藤真一会長）がこのほど、男鹿市男鹿中の浜間口地区でソバの種まき体験を行った。集まった地域住民や大学生ら約30人が、海に面した約10アの畑にソバの種をまいた。

同地区では協議会の農家らが2015年から耕作放棄地を利用しソバを栽培。収穫したソバは「浜のそば」として売り出している。ファンを増やそうと、昨年に続き種まき体験を実施した。

参加者は一列に並び、少しずつ種をまきながら進んだ。時折強く雨が降るあいにくの天気だったが、互いに声を掛け合いながら作業していた。米川大貴さん(21)＝秋田大国際資源学部3年、青森市出身＝は「浜間口地区には初めて来た。ソバの花が咲くとどんな素晴らしい景色になるのか楽しみ」と笑顔を見せた。

加藤会長は「活動が3年目になり、ネットワークが広がってきた。学生など若者が参加してくれてうれしい」と話した。同協議会ではソバの花が咲く8月27日に散策会、10月に収穫祭を予定している。

（三浦ちひろ）

2017年7月23日

竿燈祭りを満喫

秋田稲門会と交流会

〝どっこいしょ〟〝どっこいしょ〟の賑やかな掛け声と街中を揺るがすような笛や太鼓の音。300基近い竿燈が真夏の夜空に向かって林立する圧巻の秋田竿燈祭り。今年の箱根駅伝を機会にスタートした秋田稲門会との交流。

8月6日～7日の両日にわたり、足立会長以下8名による秋田ツアーが実現した。6日午後、猛暑の秋田に到着した一行は、佐野元彦幹事長（昭和53政経）と橋渡し役を自認される加藤真一氏の出迎えを頂き、早速、県立美術館などの市内観光。夕方より川反（かわばた）地区の老舗料理店での歓迎会に臨んだ。

竿燈の前で秋田稲門会と記念撮影

野口修平会長（昭和44年法）以下、秋田稲門会幹部の皆さんと秋田銘酒を酌み交わして懇親を深めた。その後、事前にご手配を頂いた会場の桟敷席で、芸術的とも言える竿燈祭りを心行くまで堪能。

宿泊先は、緑したたる田沢湖近くの奥羽山荘。翌7日は、加藤さんの案内で秋田伝統民族演劇で有名な「わらび座」などを見学、地ビールなどを楽しんで、秋田での充実した日程を締めくくった。

（文・写真 公平伸夫）

夜空に林立する数々の竿燈

江の島海岸で納涼懇親会を開催

幹事懇親会

7月30日（土）の夕方、江の島東浜の「海の家洗心亭」を借り切って、納涼会を兼ねた幹事懇親会を開催した。

「海の家」の行事は、新たな企画として昨年から始めたものであるが、参加者の評判も良かったので、今年は「四季の会」や最近入会された会員にもお声掛けを行った。その結果、8名もの新会員やお子さんなどご家族の参加があった。更に、特別ゲストとして大学本部の李成市理事や藤沢在住の現役生の出席もいただき、総勢42名という賑やかさとなった。

参加者の皆さんは、5～6名のテーブルに分かれ、リラックスした雰囲気で冷えたビールやお酒を飲みながら、会話を楽しまれていた。当日はお天気も素晴らしく、緑したたる江の島の夕景と心地よい潮風を浴びながら、屋内での会合とは一味違った熱気溢れる意見交換の場となった。

（佐藤和邦 記／写真 庄司 修）

李成市大学理事（会長隣）も歓談の輪に！

2016年4月20日

穂濤

県外稲門会との交流会

秋田稲門会

足立会長の活動方針の一つとして取組んできた県外稲門会との交流会が、今年の「箱根駅伝」を機会に実現した。交流先となったのは、秋田県稲門会。1月2日の箱根駅伝往路の応援を兼ねてはるばる秋田より、佐野元彦幹事長はじめ4名の方に来藤いただいた。今回の交流の切掛けは、現在は秋田在住であるが、長らく藤沢で小学校教員や校長をされた加藤真一氏と酒井幹事長のご縁によるもの。加藤氏自身は、上智大学のご出身であるが、「義理と人情の」早稲田精神の大ファンであり、地元に戻られて秋田稲門会との橋渡し役を務めてくれた。

神中興業での応援を締めくくった後、足立会長、松嶋事務局長が付近の時宗総本山、遊行寺へご案内。境内は、初詣の人でごったがえしていたが、春を思わせるような陽気に和やかな藤沢の新春の雰囲気を味わって頂けたように思う。

その後、秋田出身のご主人が経営する和食店「宗平」に場所を移し藤沢稲門会の幹部を交え、総勢16名による歓迎懇親会を行った。秋田の皆さんから、「十五代彦兵衛」「ゆきの美人」と言った地元特産の銘酒の数々が寄贈され、初春の宴は大いに盛り上がった。

足立会長、佐野幹事長双方より、これを機会に相互の交流を目指そうとの方針も披歴され、とても素晴らしい会合になった。会の途中には、鈴木市長も参加され、藤沢と秋田との行政的な繋がりについてのお話もいただいた。こうした県外との交流は、藤沢稲門会の活動にとっても新たなステップになっていくものと確信する。

（公平伸夫 記）

秋田の皆さんと勢ぞろい

秋田銘酒の説明に聞き入る一同

第9回写真展を開催

藤稲フォトクラブ

藤稲フォトクラブは1月26日から31日の6日間、藤沢市民ギャラリーにおいて第9回写真展を開催し、会員20名が各3点、計60点の作品を展示しました。

本年はフォトクラブ創立10年目に当たるため、これを記念して10月には2泊3日で旭川周辺まで撮影旅行に出かけました。その時の作品を「創立10周年記念　北海道撮影会作品」として特別コーナを設け展示しました。

来場者は合計1085人となりましたが、藤沢稲門会の皆様には大勢ご来場いただきありがとうございました。

来場者からはバラエティに富んだ作品を愉しめた、楽しい写真が多い、個性を感じるなどの感想をいただき、出展者としてはおおむね好評であったと喜んでおります。出展者一同、研鑽をつみ、来年も愉しんで頂ける展示を続けていきたく思っております。よろしくお願い致します。

フォトクラブでは毎月例会を開催し、作品の相互評価をしております。また、毎月のように撮影会を開催しております。写真に興味のある方の入会をお待ち致しております。

三田村眞次（昭和37理工）

〈出展者名〉

稲葉紘、右近德雄、小川洋、加藤善朗、上岡亨、塩瀬喜久、杉山光司、鷹幸子、津上康平、土居慶司、中畑達雄、野村幸男、畠山正樹、林秀昭、日色輝幸、三田村眞次、村岡猛、村田和彦、柳下紀久次、和田千賀子

出展者（展示会場にて）

一歩前へ、後押し

箱根駅伝続報

相楽豊新監督のもとで迎えた最初の箱根。今年も東会場（藤沢橋）、西会場（浜見山）の2会場を設置し、藤沢を駆け抜ける選手に2日間で300人を超える大応援団が声援を送った。

会場には例年どおり近隣稲門会や三田会の皆さまが参加してくれたほか、今年は遠路秋田稲門会からも4名の校友が来場し、応援の輪はいつもの年以上に盛り上がりを見せた。

往路では藤沢の前後で危ない場面もあり、一時は予選落ちらを覚悟した。しかし早稲田は盛り返した。往路復路とも5位、総合では昨年よりも前進し、4位を確保した早稲田。来年、再来年、母校に期待を寄せられる成果を残してくれたことが、新年最大の僥倖であった。

末筆ながら、会場をご提供くださった神中興業様、湘栄建設様をはじめ、ご支援を賜った皆さまに心より感謝いたします。

（葛西暢人 記）

〈参加者〉

藤沢三田会／鎌倉稲門会／逗葉稲門会／平塚稲門会／大和稲門会／相模原稲門会／横浜稲門会／横須賀三浦稲門会／秋田稲門会／高崎稲門会／85年次稲門会／その他

〈ご寄付〉

湘栄建設／横浜銀行平塚支店／藤沢三田会／秋田稲門会／逗葉稲門会／大和稲門会／鎌倉稲門会／横須賀三浦稲門会／久我陽一／岩淵元／内田進／神谷義明／山本儀子／その他

男鹿の再生を期して、頼りになる男が帰ってきた。四年前からパワフルに動きまわって刺激を与えている。

『秋田紀行』より

「残りの人生は故郷への恩返しに使う」と加藤真一さんは、三十二年間教師をしていた神奈川県藤沢市から男鹿市に回帰して、四年が過ぎた。秋田へ帰ったばかりの頃、三十五年ぶりに会ったときから熱く抱負を語っていたが、その決意と計画を矢継ぎ早に実現している。頼りになる男が帰ってきたものだ、と思わざるを得ない。一昨年はトヨタ財団から四百万円の助成を受け、昨年農水省からは一千万円の補助金を支給されて、特産品と観光を藤沢市や首都圏に売り込んでいる。

面を被らなくともナマハゲの風貌に似ている加藤さんは、よく吠える。論理的にパワフルに吠える。湘南で校長を務めた彼の弁舌は説得力があり、眠った状態の男鹿に活を入れ、観光地としての魅力を再生する弾みになる、と期待している。

「まちおこし」は「人おこし」であろうが、地域性を考えて加藤さんの苦労を想う。男鹿・南秋の人たちを一括りにして、気性が荒く協調性のない輩と評されているが、私は旧飯田川町に生まれ南秋田郡で育ったので、そのあたりの事情を察してしまうのだ。

人口減と高齢化は男鹿市に限らず、秋田全域が直面する深刻な課題になっている。人口を増やす有効な手立てはないが、県外との交流人口を多くすると、疲弊した状況は変るかもしれない。通りすがりの観光に交流は生れないが、土地の人と歓談して付き合いが深まると、秋田のファンになりサポーターにもなってくれる。加藤さんの人脈は広く、太い。

地方の復権を意に込めて「秋田の再生」も四年目。食と観光の視点で事業を本格的にスタートします。六十三才！ 今が青春です（笑）。今年届いた年賀状に、このようなコメントが書かれていたが、故郷への愛着を持ち続けながら活動を加速している。

これからは男鹿を抜け出て、各地に引っ張り出したいと思っている。「あんべ悪ぃ秋田県」には彼のような人的刺激が必要なのだ。応援しつつ私の活動も支えて欲しい、ともくろんでいる。

（桜庭文男）

国内紀行 ～北の大地　釧路湿原 神秘の青い池・大雪の自然をめぐる旅～

旅行日程

6/12(月)　羽田空港 ―✈― 釧路空港 ═══ 釧路湿原展望台（見学）═══ 釧路（昼食）═══ トマム（泊）
6/13(火)　雲海テラス（見学）═══ ファーム富田（ラベンダー畑）═══ 上富良野（昼食）═══
═══ 神秘的な池・青い池・しらひげの滝（見学）═══ 層雲峡温泉（泊）
6/14(水)　大雪山（ロープウェイ）═══ 旭川（昼食）═══ 川村カ子トアイヌ記念館（見学）═══
═══ 旭川空港 ―✈― 羽田空港

北の大地の旅は“最高の贈物”

藤沢市　加藤真一さん

入梅のない北海道での「初企画！北の大地」＝釧路湿原・トマム・大雪山は、一度は訪ねたいと思っていた私には、絶好の快晴の下での旅となった。

最初の目的地である釧路湿原で感じたことは、異国の地を思わせる広大な平野が散在するスケールの違いだ。東京23区の広さと同じ釧路湿原を一望できる展望台は、一帯に群生するヤチボウズをイメージしたドーム型の建物。関西姫路から来た5泊6日で北海道一周の修学旅行中の高校生と一緒になった。貴重なタンチョウ鶴が生息する国立自然公園なので、次はのんびり・ゆっくり遊歩道を歩いてみたい。

トマムまでは、長時間のバス移動であったが、途中の由仁パーキング・エリアでは新緑の木立から春蝉の鳴き声が聞こえて旅情を誘った。第一日目は、トマム山麓に開発された総合星野リゾートトマムザ・タワーホテルで一泊。食事・入浴は凡て巡廻バス移動の広さだ。

二日目は、早朝4時50分にロビー集合。すでに長蛇の列。半数はインバウンド客だ。朝もやの中をゴンドラで昇っていくと絶景の雲海が眼前に広がった。日高山脈を越えて流れ込むダイナミックな雲海。雲海テラスからの眺望は想像を遥かに超えた大自然が生み出す絶景だった。

ラベンダーで有名な富良野にある「ファーム富田」は紫のラベンダーを始め赤のポピーなど七色の花々が鮮やかな色の花の帯を斜面のキャンバスに作り出していた。

TVや本で話題になり観光客が増えている「白金の青い池」は美瑛町にあり人造湖である。神秘的な青色が幻想さを醸し出している。今宵の宿は大雪山連峰の北東、切り立った大渓谷の中にある層雲峡温泉だ。天空露天の湯に浸かりながら目の前にそびえる朝陽山の一望は、心と体を癒してくれた。参加者一同が揃った夕食会は懇親を深めて思い出のたびの夜となった。

最終日の朝は、ロープウェで黒岳7合目の展望台へ。澄んだ青空と残雪の山々。新緑と白樺が、見事なコントラストだ。日本で一番広い大雪山国立公園（神奈川県と同じ面積）を抜けて旭川市内へ入る。お昼はカツカレーからラーメンまでのバイキング料理を楽しみ、今年100周年を迎えた川村カ子トアイヌ記念館で古式舞踊とアイヌの楽器―ムックリの実演。三代目若い女性副館長さんが温かいおもてなしをしてくれた。

現在、第二の人生を郷里・秋田で食と観光による「地域おこし」活動をしている私には、雄大かつ神聖な伝説を秘めた北の大地の旅は“最高の贈物”となった。

2017年９月『友の会だより秋号　日本教育公務員弘済会　神奈川支部

地方創生に向けて"がんばる地域"応援事業（秋田県男鹿市）

海・川・山・ソバ畑の風景を地域の魅力に

―食と観光による「男鹿の再生」―

おが東海岸推進協議会　会長 ● 加藤　真一

取り組みの経緯

日本海に拳を突き出したような男鹿半島。先端の入道崎はフィラデルフィア・北京・マドリッドと並ぶ北緯40度に位置しています。半島全域がほぼ国定公園に指定され、民俗行事「男鹿のナマハゲ」が有名です。

私が小・中学生を過ごした昭和30年代の秋田県の人口は135万人。それが昨年4月には東北6県で初の100万人割れとなりました。湘南と呼ばれる神奈川県藤沢市で30年近く暮らし、8年前に私が帰郷したときには、我が故郷である秋田県男鹿市は全国消滅可能性都市896の一つに数えられていました。「第二の人生は故郷への恩返し」との覚悟で帰郷した私には、食と観光による「男鹿の再生」がライフワークとなりました。

三方が海に拓かれた男鹿半島は大桟橋や桜島など奇岩が多く、男性的で荒々しい「西海岸」が代表的な観光地域となっています。

一方、半島北東地域を走る国道101号線沿いは、男鹿中浜間口地区から五里合方面にかけて穏やかな美しい砂浜の海岸で「男鹿の湘南」を想起させるものがありましたが、観光地化されないままでした。浜間口地区の世帯数は約50戸で、人口減少により荒れた農地が目立ち、地域活力の衰退に危機感を感じている住民も多くいました。

この地区にある耕作放棄地にソバを栽培し、食と観光による地域活性化を目指して平成27年12月に発足したのが「おが東海岸推進協議会」です。当時の町内会長と地域住民の温かい理解が活動の何よりの支えでした。

事業実施内容

本協議会は観光資源を作る上で①浜の海のそば②田園を潤す川のそば③小高い里山のそば④ソバ畑のそば―の「四つのそば」を地域の魅力として位置づけています。

何れも浜間口地区にある風景をキーワードにしています。小さな集落で海・川・山・ソバ畑の風景をいっぺんに味わえるメリットを生かし、環境省の自然歩道「新・奥の細道」を一部活用した約4キロの散策コースを設定しました。ここには、高台から望む海岸線、のどかな棚田の風景、森林浴を楽しめる林道のほか大地の成り立ちを伝える地層（ジオパーク）など歴史スポットも点在しています。

本事業では、これまで積み上げて来た浜間口の「浜のそば」で多くの来場者を呼び込むために古民家を改修して地域ぐるみで「浜のそば」店を開業することを決定し、平成29年4月から空き家の確認や賃貸交渉、開業に向けた運営体制を確立しました。

9月には休耕田で採れた地場産のソバ粉を使った手打ちそばの自前店「浜のそば合同会社」をオープンしました。開店式典には男鹿市長をはじめ県庁職員や近隣の自治体首長、多くの地域住民が参列し、新聞・テレビでも大きく報道されました。

古民家レストラン浜間口「浜のそば」店は癒しのリゾートとして男鹿産にこだわった手打ちそばを中心に農産物・海産物・加工品（そば茶・ソバ菓子）の直売ブースも設けています。さらに店内には「小さな道の駅」として「四つのそば」を巡る山辺コースと浜辺コースの観光ガイドを配置し、男鹿の新たな周遊コースも目指しています。山辺コースにある「フクロウの館」は、85歳の現役漁師がフクロウをテーマに制作するアート作品が並び特に人気です。

10月には手打ちそばを味わう収穫祭を規模を拡大して開催し、多数の地域住民が参加して新そばの風味を堪能しました。梨やキャベツなども販売されたほか地元の女子高校生の民謡ショー、オカリナ演奏、浜間口地区を巡る散策会も行われました。

11月には、秋田市内の大学から「浜のそば」を使った調理実習を実施したいとの要請があり、浜間口「浜のそば」店で学外学習が開講されました。参加学生の工夫されたレシピが発表され「そば粉」の多様な用途が示されました。

古民家レストラン浜間口「浜のそば」店オープンの様子

浜間口産ソバ粉を使った手打ちそばを堪能した収穫祭（写真提供：男鹿市）

浜辺コースの散策。美しい砂浜が続く（写真提供：男鹿市）

浜間口「浜のそば」店でのそば打ち講習会

年末には男鹿の新しい地域ブランドとなった「浜のそば」が年越そばとして販売されました。

事業成果

手打ちそばを中心として、浜間口地区の自然の恵みである山菜・魚・岩ノリ・クロモ（海藻）など四季折々の食材でおもてなしが出来る拠点として浜間口「浜のそば」店が開業し、その運営を協議会メンバーと集落ぐるみで実施している意義は極めて大きいものがあります。これらの活動をきっかけに休耕田を活用したソバ作付けと景観形成の拡充が図られました。そして、何よりも浜間口地区の住民が前向きに活動に協力して地域全体の自信に繋がっていることです。

浜間口地区に多くのファンを獲得するために実施したソバの種まき体験会や散策ツアー、収穫祭には周辺住民を始め、若い大学生や市外からたくさんの参加がありました。「四つのそば」のコンセプトを持つ地域活動が移住・定住や交流人口・関係人口の突破口になる可能性も感じています。

今後の方向性・展望

これまで主要な観光ルートから外れていた半島北東部に新たに「おが東海岸」が誕生し、浜間口「浜のそば」が活性化の柱になっています。それを支えて来た地元住民が「浜間口山菜クラブ」を立ち上げました。県が各地域の高齢者に声掛けした「GB（じっちゃんばっちゃん）ビジネス」に手を挙げ、地元で採れた山菜を共同で首都圏に出荷しようというものです。この浜間口地区は山菜の宝庫なので楽しみです。

また、このおが東海岸の沿線では豊かな自然に囲まれたカフェやブルーベリー園、アジサイが咲くお寺が注目を集めています。関係者をパネリストに迎え開催した「男鹿の再生」を考えるシンポジウムでは、今後の地域活性化の在り方について「関係者の信頼づくりに時間をかけ関連する素材を結び付けて活用すること」が確認され共通理解が図られました。

今後はこのネットワークを連携・強化すると共にさらなる地域活性化を目指していきたいと考えています。

2018年4月『地域づくり』

▽医師会報（2010・11・15）

集いに参加して

何気なく手にした一枚のパンフレットが、今こうして医師会報に原稿を書いていることに、不思議な縁と、人生はしみじみ偶然と出会いの連続であることを感じています。このパンフと会報は、去年なくなった母が、長く家庭医として診て頂いていた中村医院の受付前に置いてありました。神奈川の藤沢市で三十年以上教師をやり、「ふるさと回帰」した私は、時々診てもらっています。

「昭和天皇執刀医」という文字と、鎌倉八幡宮の倒れた大銀杏から新しい芽を吹いた写真が目にとまりました。

連日、下血報道が流され、歌舞音曲が自粛された昭和最後の年の異様さが甦ったことと、鎌倉八幡宮は、藤沢から江ノ電にガタゴト揺られてよく散歩したコースでもあったからです。また、あの大銀杏が倒れた風の強い夜、たまたま藤沢に行っていた私は、あまりの風の強さに何度か目を覚まし、眠れなかったことを覚えています。

この十月に還暦六十歳を迎えた私が、記念の還暦六十号に原稿を載せてもらっていることと、何とこの会報の初代編集長が鹿嶋幸治先生であったことも驚きでした。母は、北浦で小学校教師をやっており、鹿嶋先生とは、同じ年ということもあってか、話題も共通で親友でありました。その縁で、私が高三の時、保戸野中町の別邸に、長男の秋五君と同宿させてもらっていました。弟の雄治君もよく知っており、兄弟で鹿嶋先生の跡を立派に継いでおられることをとてもうれしく思っています。

そして、講演会の日。森岡先生の紹介文に、なだいなだ氏と加賀乙彦氏の名前を発見しました。

なだ氏が、幼い四人の娘たちを生徒に見立てて語りかける著書の「娘の学校」は、学生時代の愛読書の一冊でした。世間の学校などではとても聴けないスケールの大きさと破格の面白さで奇知縦横に展開する「娘の学校」は、私にとって、もう一つの学校でした。後年、なだ氏は鎌倉に居を移され、何回か講演をお願いしました。加賀氏は、大学で直接「犯罪心理学」を受けた私には、ペンネームの加賀乙彦より本名の小木貞孝教授の印象が強いです。授業後、キャンパスでの雑談にも笑顔で応えてくれていました。

森岡先生の講演は、飾らない人柄で博覧強記そのもの、アッという間の一時間でした。角館出身の小田野直武については、「解体新書」であれだけの才覚の直武について杉田玄白は、「一言も直武に触れておらず、感謝もしていないのは不思議で、仕方がない」と述べました。

十日後、角館で森岡先生の問題提起に応える形で江戸文学者の田中優子先生の「江戸のミステリー　源内・直武」のテーマでのフォーラムがありました。講演で田中先生は次のような大胆な仮説を展開しました。「殺人を犯した源内が死去した半年後、なぜ直武は三十歳の若さで亡くなったのか。浪人暮らしの長かった源内に、人を殺す力があったのか、槍の名手だった直武は関与していなかったのか。その後、あれだけの才覚のあった絵師直武の影は江戸からすっかり消え去り、記録も全て消された可能性がある」と。

森岡先生の疑問に田中先生の仮説は、一つの答えを出しているように思います。

以上、長々と書いてしまいましたが、今回、このような素晴らしいお話を聴く機会を与えてくれた男鹿南秋医師会の皆様、そして実行委員長として活躍された佐々木康雄先生に深く感謝を申し上げて、筆を置きます。

▽あきた経済（2017・2）

秋田の再生と「秋田　湘南プロジェクト」
～ヒト・コト・モノのつながり～

三十年暮らした湘南・藤沢から帰郷して七年目。秋田県の人口は、ついに百万人割れが目前に迫っている。十八歳で上京し、大学紛争の真っ只中で大学時代に「地方自治」をテーマに選んだ人間の現在までの足跡を述べてみたい。

この停滞する秋田を元気にしたいと構想した「秋田―湘南プロジェクト」が中心である。

小学校五年生の時の担任が言った「君たちは米と石油の二つの採れる田んぼを持った秋田県に生まれたことを誇りに思え！」を思い出す。私が小学生だった昭和三十年代は、本県人口が一三五万人とピークであり、秋田国体が盛大に開催され、川反は連夜の賑わい、銀行の役員をしていた母方の祖父は、毎日接待漬け、私には酒の飲み方を教えてくれた。秋田駅前には鎌田の酒まんじゅうの香りが漂い、金座街には人々がごった返していた。木内デパートのレストランでお子様ランチを食べてから屋上の観覧車に乗って見下す広小路には車と人通りがあふれていた。

一九六九年三月に高校を卒業して上京。東大安田講堂が全共闘に占拠されて、東大入試が中止された年である。上野駅から山手線に乗り込んだら、いきなりゲバ棒を握りヘルメットを被りタオルで顔を覆った学生の一団が乗ってきて、窓のシャッターを次々と降ろした時は、ハイジャックされたかと驚いた。バリケードの中をくぐり抜けて受験会場に入り、タテ看板の立ち並ぶキャンパスからアジ演説する声を聞きながら入試問題に向かった。大学に入ってからも、講義中、ヘルメット学生が乱入して授業は中断、その後休講になることは日常だった。手には羽仁五郎の『都市の論理』、脇には『朝日ジャーナル』か『現代の眼』をはさみ、「反体制」「自己否定」「ナンセンス！」と声高に叫びながら大学近くの喫茶店で一杯のコーヒーを飲みながら議論する毎日だった。「君は三島由紀夫と東大全共闘の討論集会をどう考えるか？」と聞かれても地方高校出身の私は、ただオロオロするばかりであった。

中断する大学の授業の合い間、哲学者の鶴見俊輔や作家・小田実、そして師匠ともいえる在野哲学者の久野収氏らが主催する市民講座に足繁く通った。夜は東大自主講座＝宇井純助手が主催する『公害原論』にも顔を出した。水俣病が社会問題になっており、熊本県から水俣病と認定された川本輝夫さんの訴えは、まだ良く覚えている。講師として荒畑寒村氏も登壇したことがあった。そんな中でも、大学の篠原一教授「政治学」はサボルことなく受講した。テーマは「地方分権」だった。中央集権に対する地方自治は地方出身の私には、身近な問題であり、講義が終わってからも、篠原教授と話し合うことが多かった。一九七〇年代、神奈川県には長州一二県知事が誕生し、横浜・飛鳥田市長、川崎・伊藤市長、鎌倉・正木市長、そして藤沢市には三十八歳の最年少市長の葉山峻氏が選出された。

「反体制」を叫びながらも、就職を迎える大学四年生になると長い髪をバッサリ切って、大企業に就職していく諸先輩には違和感を抱いていた。しかし、それは当然、自分にも突きつけられる問題である。高校の同級生で首都圏の大学へ通っていた友人は長男だった者のほとんどが秋田県内に帰り、県庁・市役所・銀行マンになっていった。私自身もこのまま東京に残るか、秋田に戻るかの選択に迷っていた頃、恩師の久野収氏に就職問題について相談したことがあった。丸メガネをかけて飄々と語る老哲学者の話は、今も忘れられない。

「就職には三要素がある。一つは経済度。二つは安定度。そして三つ目が自由度だ。日本社会では、この自由度が問題なんだよ！」と。

大学のゼミ担当だった篠原教授からは「加藤君、地方自治を学ぶなら藤沢へ行け！」と後押ししてくれた。篠原教授から葉山市長に一通の手紙を書いて頂いた。これが、藤沢行きのきっかけとなった。「市民参加」「住民自治」のスローガンを掲げて葉山市政は六期＝二十四年間続いた。この間、葉山市政のブレーンの一人として教育行政への提言をする機会を得た。

葉山峻氏は、地元の大地主の生まれだが、戦後の農地改革でほとんどの土地は解放された。湘南高校では作家・石原慎太郎と同級生であったので慎太郎氏はどんな高校生だったか尋ねたことがある。「彼は逗子からの越境入学生で美術部に入っており、大人しく目立たない人物であった」が印象だった。

この葉山市長の後援会長は、同じ藤沢に住む映画監督・大島渚である。時々、葉山邸に集まっては、さながら「朝まで生テレビ」と同様、あの大きな声でスタッフと天下国家を論じる場面が多々あった。奥様で女優の小山明子さんは、いつも和服姿であり、私にはとても眩しく見えた。

三十歳で結婚した妻の父は、日本興業銀行の役員をしていた。中山素平の直系である。妻の実家で盃を交わしながら食事を共にするときに、よく言われた話がある。「定年になり、暇ができたから趣味を持とうと思っても、その時は遅い。四十代から定年後に何をやりたいかを考えておくことだ」これも第二の人生＝シニアライフの在り方としての提言であった。

母親が二〇〇九年に亡くなり、父親の介護のために定年前退職して男鹿に帰郷。その疲弊ぶりに驚いた。十八歳で上京した時、五万人ほどいた人口は三万人を割り込もうとしていた。

「男鹿の焼きそばを広める会」の街おこし隊長を手始めに食と観光による地域活性化に本格

的に取り組むことになった。

二〇一三年、秋田県や男鹿市、地元の農協、漁協、観光協会などを巻き込み官民協働で地域振興を手掛ける『ナマハゲの里!! 活発男鹿』食のモデル地域協議会」を設立した。地域食材の利用拡大を支援する農林水産省の育成予算に応募して一千万円の補助金が出る事業に採択された。

徒手空挙で「ゼロ」からスタートした「秋田—湘南プロジェクト」は、ようやく具体化に向けて一歩を踏み出すことが出来たのである。

この事業の目的は、地産地消と地産外消の基本理念に、いかにして本県の豊かな農産物や水産物を県内外に販路拡大をするかである。

それも「首都圏に売り込む」という漠然としたものではなく、私の場合、ターゲットは三十年暮らした湘南・藤沢である。藤沢の人脈と秋田の食・観光の地域資源をつなぐこと、この強みを最大限生かすことであった。

まずは、江の島が近い鵠沼海岸商店街から「真夏のナマハゲ」を八月の夏祭りに演って欲しいとのオファーがあった。お盆の時期、八月の湘南でナマハゲを演る人はなく、結局は、私がナマハゲを演ることとなった。真夏の湘南で、面を被りナマハゲの装束を身にまとい、汗ダラダラで会場を練り歩くのは、シンドイ作業ではあったが、予想を上回る親子連れが集った。

本来、ナマハゲは大晦日の行事である。真夏のナマハゲとは邪道とも思えたが、鵠沼海岸商店街が主催する真夏のナマハゲの熱気は高まる一方だった。

この体験が、第一回「秋田の食&観光フェアin湘南」のヒントとなった。江ノ電の車内にナマハゲと市女笠姿の小町娘を乗せてのPR。

開催の前日、藤沢市役所の広報課に記者会見のセッティングを要請したものの、「何人の記者が集まるかは保証できませんよ」の返事。大きなナマハゲのポスターを背に一人で待っていると、この日の担当記者と大手二社の記者が集まってくれた。三人の記者は、この企画に興味を持って翌日、大きく紙面に掲載。さらには隣のデスクで賑やかな記者会見を聞いていたNHK記者から現場取材の依頼が入り、江ノ電車内を練り歩くナマハゲと小町娘が、夕方の首都圏ニュースのトップで報道された。このニュースを観た人たちは二日目に江ノ電藤沢駅に駆けつけ黒山の人だかりとなった。この「秋田フェア」は今年一月二十一、二十二日の両日に第四回目として開催され、今回は国内外で人気の秋田犬も「初参加」し、写真撮影を求める親子連れなどの輪ができた。ヒト・コト・モノとの交流をめざす「秋田—湘南プロジェクト」としては、箱根駅伝の合同応援会もその一つである。たまたま藤沢の知人、友人には早大OBが多く、今や正月の国民的行事ともなった「箱根駅伝」を雪国秋田の人たちはコタツの中に入ってTV観戦がほとんどである。これを、三区を走る藤沢で合同応援するとの企画が浮上、秋田稲門会の幹事長・佐野元彦氏に持ちかけたところ、二つ返事でOK！　去年の一月二日、佐野幹事長はじめ四名が来藤、秋田の銘酒の数々が寄贈され、初春の宴は大いに盛り上がった。夏には秋田の竿燈まつりに藤沢稲門会の皆さんが来秋、この一月二日にも二回目の箱根駅伝には藤沢市長も参加され、藤沢と秋田との行政的なつながりについても話を頂いた。

最後にこの「秋田―湘南プロジェクト」の物語として「浜辺の歌」がある。北秋田市出身の作曲家・成田為三の代表作である「浜辺の歌」がJR辻堂駅開設百周年記念事業として発車メロディに使われることになった。この歌の作詞家の林古渓が幼少期を過ごした藤沢市の辻堂海岸の情景に思いをはせて作ったとされる詩に為三が曲をつけたものである。去年の十一月二十七日の記念イベントには北秋田市の児童、生徒が出演し、地元の合唱団と「浜辺の歌」の合唱を披露した。

式典イベントの前日、湘南の海で歌いたいという北秋田市の子ども供たちの伸びやかな歌声が穏やかな波が打ち寄せる夕暮れの辻堂海岸に天使の歌声として響き渡った。

北秋田市と藤沢市は、この歌を通じた交流をきっかけにお互いのつながりを深める考えである。

▽声の十字路

▼「一票」の重さをあらためて実感

この四月一日に男鹿市に住民票を移したので、参院選の投票入場券が同市から送られてくるのを待っていたが、なかなか届かない。市役所に行き選挙管理委員会へ問い合わせると、担当者が親切に対応してくれた。

住民票を移して三ヵ月経過しているので、通常であれば七月初めの段階で男鹿市の選挙人名簿に登録されるが、今回は公示前日の六月二十三日が基準日となるため「三ヵ月」の基準を満たさない。このため前に住んでいた神奈川県藤沢市に不在者投票用紙を申請する必要がある、と教えていただいた。

早速申請すると速達で送られてきた。六百六十円分の切手が張られ、厳重に封がされていた。自宅で開封すると無効になる、との注意書きがあったため、男鹿市の担当窓口で開封してもらい、担当者の本人確認を受けた上で、選挙区、比例区それぞれ記入し、封筒に入れて渡した。封は二重だった。わたしの一票は男鹿市から藤沢市の選管へ送付されるという。

もっと簡単に手続きが済むと思っていたが、細かい手順を一つ一つ踏まえなければならない。しかも、わたし一人の文書の送付に六百六十円もかかっている。もう少し簡略化できないものか、と思いつつも、選挙の厳正さと一票の重みをズシリと感じた。投票は政治参加の第一歩。貴重な一票は大切に行使しなければならないと、あらためて痛感した次第である。

（２０１０年7月8日）

▼乗客の立場で情報の提供を

先日、ＪＲ秋田駅から男鹿線の列車に乗った時のことだ。定刻を過ぎても発車せず、しばらくして「大雪の影響で遅れます」とのアナウンスが流れた。車掌に見通しを尋ねると「情報が入らず分かりません」と言われた。車内には大勢の乗客がいて、みな不安げな表情だった。

結局、一時間遅れで出発。男鹿駅には定刻から一時間半遅れて到着した。

その二日後、今度は秋田駅から奥羽線に乗った。この日も大雪だったが、間もなく発車するとのアナウンスを聞き、何とか会議に間に合いそうだとほっとした。しかし、その直後に線路のポイントの故障で大幅に遅れるとの説明があった。待つこと一時間。会場に着いたのは終了十分前だった。

雪国で暮らす人間として冬のダイヤの乱れはある程度覚悟している。また、安全に十分な配慮をしているのも分かる。ただ、それにしても在来線の運休や遅れが多過ぎないだろうか。遅れに関する乗客への情報提供も不十分な気がする。

ＪＲにはしっかりとした雪害対策と乗客の立場に立った情報提供を望みたい。

（２０１３年2月4日）

▼熱意、知恵感じた一夜

十五日夜、本県の小正月行事をはしごした。まずは横手市のかまくら。市中心部などに作られたかまくらに明かりがともされ、幻想的な光景が広がっていた。

そのうちの一つへ。「入ってたんせ」と綿入れ姿の子どもたちの元気な声に迎えられ、水神様に手を合わせた。餅と甘酒をごちそうになり、冷えていた体が温まった。

女の子の一人は中学一年生だった。先輩らしき女の子から助言を受けて頑張る光景がほほ笑ましかった。

横手南小学校の校庭には六百を超すミニかまくらがあり、見物客を楽しませたいという子どもたちの思いが伝わってきた。

次に美郷町六郷の竹うちに向かった。北軍と南軍が三回にわたり、青竹で激しく打ち合った。二回戦終了後に正月のしめ飾りなどを積んだ松におに点火、天筆が焼かれた。炎に照らし出された男衆が最後の戦いを繰り広げる様は迫力満点だった。

「静」のかまくらと「動」の竹うち。対照的な二つの伝統行事から地元住民の行事への熱意、厳しい冬とうまく付き合う知恵のようなものを感じた。

本県の冬の魅力を再認識した一夜だった。

（２０１３年2月25日）

▼斬新な発想持ち市街地活性化を

県民の注目の中、二〇一二年七月にオープンした秋田市のエリアなかいちの商業施設。だが、その大半を占める総合食品売り場が二年足らずで閉店し、今月初めに施設名を新たにして再スタートを切った。

しかし、テナント二十四店のうち四店が退去してスペースが空いたまま営業を再開しているのは残念である。局面打開の妙手が期待される。

一方、大仙市のＪＲ大曲駅前では「大曲通町地区市街地再開発事業」の北街区が完成。大規模商業施設の跡地が大曲厚生医療センター、ショートステイ、複合商業棟、バスターミナルの四施設として生まれ変わった。医療・福祉を軸に機能集約しており活性化が期待される。

街づくりには人のにぎわいが不可欠だ。特に中心市街地はシンボル的な存在でなければならない。それには地域の特色を生かした斬新な発想と熱意が必要だろう。両地区の発展を願っている。

（２０１４年４月24日）

▼議会の若返りで活発な議論期待

先月、任期満了に伴う県内五市町議選が行われた。目を引いたのは二十、三十代の当選者が増えたことである。仙北市では県内現職最年少の二十七歳の議員が誕生した。

これまではベテラン議員の当選が多く、顔触れが固定化しているという声もあったようだが、今回の結果で世代交代が進んだ形だ。

全国市議会議長会の調査によると、全国で市長が提出した議案の九十九パーセントが原案通り可決されており、「地方議会は首長の追認機関」との指摘もある。住民参加や情報公開を進め、市民の立場になって政治を監視し、開かれた議会を目指すことが望まれる。

今回の若返りはいいきっかけである。新人議員は若者の代表としてしがらみのない声を政治に反映させてほしい。ベテラン議員を刺激して議会が活発な議論の場になることも期待している。また、若者が地域や政治に興味を持ってくれれば言うことはない。

（２０１４年5月19日）

▼ふるさと納税のさらなる充実を

県と県内二十五市町村が二〇一三年度に受けた「ふるさと納税」の総額は、過去最多の一億六百一万円だったと本紙にあった。

この制度は、生まれ故郷など自分が希望する自治体に寄付すると、寄付額のうち二千円を超える分が住んでいる自治体の住民税と国の所得税から減額される仕組み。地域活性化、財政力格差の是正を目指して二〇〇八年に始まった。

市町村別では大館市が件数、総額ともトップとのこと。寄付者に地元の特産品をプレゼントし、寄付額に応じて好みの品を選べるようにしているという。一方的に寄付を受け取るだけでなく、双方向のシステムが功を奏しているといえそうだ。

人口減少が著しい本県にとってふるさと納税は財源確保のため欠かせない制度。寄付獲得のため、地元のPRも含めて返礼品を充実させる動きをもっと広めてほしい。そしてこの制度が、故郷に熱い思いを抱く県外で暮らす本県出身者との懸け橋になることを望んでいる。

（2014年7月23日）

▼選挙から議論へ関心を高めよう

国政の課題はそれなりに知っていても、自分が住む市町村の課題を知っている人は決して多くはない。

議会の役割は首長と役所の仕事を監視することだ。首長から提出された議案について、賛成か反対を表明し、議会の決定は住民の意思であると、住民に納得してもらわなくてはならない。議会で議論するプロセスがあれば、論点が明らかになり、議会の役割が果たされたことになる。

しかし現実には議論が予定調和で終わることが多く、議会のチェック機能が十分に発揮され、議論が尽くされることは少ないように思う。

そんな中、北秋田市議会は市議の活動原則を定めた議会基本条例を策定するなど、開かれた議会を目指している。こうした取り組みがさらに広がることを期待したい。

また私たち有権者も「選挙政治」から「議会政治」への意識の転換が求められる。投票した後は議員任せにせず、当事者意識を持って議会を見る必要がある。地域の活性化のためにも、私たちの暮らしに一番身近な地方議会への関心をさらに高めたい。（2014年9月11日）

▼政治参加意識どう育てるか

選挙で投票できる年齢を「十八歳以上」に引き下げる公選法改正案が成立し、来夏の参院選から適用される見通しとなった。憲法改正に必要な国民投票の年齢改正に背中を押された形だ。

十八歳で選挙権を認めることは、今や国際基準とされている。国立国会図書館が調査した約百九十ヵ国のうち、八割以上が「十八歳以上」としている。日本のような国は少数派だ。

現在、有権者全体で六十五歳以上の高齢者は約三割を占めている。しかも年齢が高いほど、投票率は高まるという。一方、若年層の低投票傾向は近年際立っている。昨年十二月の衆院選で二十代の投票率は三十二パーセントにとどまり、六十代の半分に満たなかったそうだ。投票年齢を引き下げても、十八、十九歳時点で選挙離れが定着すると、こうした傾向に拍車を掛ける恐れもある。

それだけに来夏の参院選を見据えた環境整備が必要だと思う。とりわけ教育現場の対応は急を要する。教育現場で政治の仕組みの説明や投票をどう働きかけていくのか。いわゆる主権者教育の進め方が課題となる。

現代社会や公民、政治経済などの教科の中で、これまで以上に生きた課題として政治や選挙を取り上げる工夫が求められる。若者の政治参加意識を育てる大局的な判断に立った対応を望みたい。

（2015年6月20日）

▼鶴見氏の教えを再びかみしめる

戦後日本を代表する思想家で哲学者の鶴見俊輔氏が亡くなった。戦前、戦中、戦後と激動の時代を生き抜いた九十三年の生涯だった。

厳しい母に反抗して中学時代は退学、休学を繰り返し十五歳で渡米。ハーバード大学に入学したものの日米開戦のため、在学中に敵性外国人として逮捕、送還された。この米国での日々を「ハーバードと留置場の体験はどちらも重く、もしハーバードだけだったら別の人間になっていた」と述懐している。

一九七〇年代に学生時代を過ごした私は、昼は大学の授業で、姉の鶴見和子さんから国際社会学を教わり、夜は市民講座で鶴見氏からプラグマティズムとは何かを学んだことがある。プラグマティズムとは思想と行動に絶えず新しい養分を与えて、交流させることである。

戦後七十年の節目の年に鶴見氏は逝った。かつて終戦の日に頭を丸刈りにして、戦争体験を語ることがあった。人間の記憶は薄れやすいので自分に記憶を刻み込むために丸刈りにすると語っていた。

安全保障関連法案の国会審議が続く中、平和と民主主義を希求してきた日本は、今、大きな岐路に立つ。平易な言葉で日常に根差した思想を追求し、柔軟に粘り強い思考力を発揮して、最後まで市井の哲学者に徹した鶴見氏から学んだことをもう一度かみしめたいと思う。

（2015年8月12日）

▼「B1」成功へ熱意ひしひしと

先日、ご当地グルメで全国各地の魅力を発信するイベント「B1グランプリ」が青森県十和田市で開催され、足を運んだ。

来場者の割り箸による投票の結果、一位は千葉県勝浦市の「担担麺」だった。ラー油で辛さを強めにした一品で、約五十年前から地元の漁師や海女が漁で冷えた体を温めるために食べていたという。一方、残念ながら本県関係はベスト十入りを逃した。

青森県八戸市で産声を上げたB1グランプリは十回を数え、今では来場者数が数十万人となる街おこしの祭典へと成長した。今回の会場は過去の大会に比べて最寄り駅がなく、最も規模の小さい街での開催だったにもかかわらず、二日間で約三十三万人が訪れたという。

会場を見渡すと多くのボランティアが忙しそうに動き回っていた。聞くところによると中学生、高校生、一般市民約五千五百人が運営を支えていたという。大会を成功させようという十和田市民の熱意がひしひしと伝わってきた。

また、中学生がごみを回収する「いただき隊」や、小型バスを利用した授乳室の設置など創意工夫と心を尽くしたもてなしも感じられた。

大会を通しB1の理念である地域おこしが、人々に笑顔や生きる希望を取り戻させる「人おこし」であることもあらためて知った。

（2015年11月15日）

▼県民が意識変え経済強化考えて

九日付の本紙「あきた経済問答」で、野見山浩平・日本銀行秋田支店長が、秋田は「稼ぐ力」の底上げをしなければならないと主張していた。同感である。

野見山氏は、例えば秋田の祭りを観光イベントとしてみると、「タダ」が多すぎると言っている。「おもてなし」も文化としては素晴らしいが、ビジネスとしては腰の引けた姿勢に感じるとのこと。都会のようにあくせく働かなくても、そこそこ暮らしていけるのが地方の魅力と言われるが、果たしてそれでいいのかと疑問を呈している。

本県は昭和三十年代まで、天然の秋田杉や石油などに代表される鉱山資源に恵まれ、自然災害が少なく、秋になれば黄金の田んぼに囲まれた豊かな県だった。がつがつ稼がなくても暮らせる県民性は今もＤＮＡとして受け継がれているのかもしれない。

しかし、県人口の百万人割れが近づいており、今こそ自らの価値を再発見し、地域資源や素材を「稼ぐ力」に結びつける努力と工夫が求められている。一人一人が意識を変え、秋田の経済を強くすることを考えなければならないと思う。

（２０１６年3月22日）

▼『浜辺の歌』で絆を強めよう

神奈川県で湘南と呼ばれる地域の中核都市である藤沢市の小学校で、三十年間教壇に立ち続けた。第二の人生を使って古里秋田に恩返ししたいとの思いで、徒手空拳の状態から地域おこし計画「秋田―湘南プロジェクト」をスタートさせた。

私にできることは、三十年間暮らした藤沢市での人脈と、豊かな自然の恵みである秋田の食と観光をつなぐこと。この五年間で、秋田と同市の早稲田大学ＯＢによる箱根駅伝応援会や、秋田の食と観光をＰＲするフェア開催などに携わってきた。

今、私が一番力を入れているのは、日本を代表する唱歌『浜辺の歌』による交流だ。「浜辺の歌」は作曲が北秋田市出身の成田為三、作詞が藤沢市出身の歌人・林古渓《こけい》という縁がある。そこで毎年、為三の命日に追善演奏会を行っている北秋田市米内沢のグループと藤沢市のグループによる合同合唱祭を行い、絆を強めようというのが狙いだ。

藤沢市にあるＪＲ辻堂駅が百周年を迎える十二月一日から発車ベルを「浜辺の歌」にしようという動きがあり、そのイベントの一つとして企画されている。「浜辺の歌」が秋田と湘南の絆をさらに強くする懸け橋になりそうだ。

（２０１6年4月19日）

▼家訓に「選挙は棄権するな」

今回の参院選では選挙権年齢が引き下げられ、十八、十九歳の約二百四十万人が新たに有権者となった。全有権者に占める割合は約二パーセントだが、決して小さい数ではない。ちなみに英国で選挙権年齢が十八歳に引き下げられたのは、一九六九年、米国では一九七一年。一方、わが国は当時、「時期尚早」との声が多く先送りされたと記憶している。四十年以上たって、ようやくわが国も「世界標準」に追いついたという気がする。

何より、「シルバーデモクラシー」といわれるほど高齢者が大きな発言力を持つわが国において、若い世代の声をいかに政治に反映させるかは喫緊の課題である。そして、十八歳選挙権が若者の政治離れに歯止めをかけるきっかけになることを期待したい。

わが家では「選挙は棄権するな」を家訓の一つとしている。両親から受け継ぎ、成人になった子どもたちにも守らせている。民主主義社会で生きている限り、一票の行使は大切な義務と考えるからだ。

英国の欧州連合（ＥＵ）離脱問題で国論を二分した国民投票では、離脱派が勝利したものの、若者らを中心に投票のやり直しを求める活動が広がっているという。今回の国政選挙では、改めて一票の行使の重さをかみしめたいと思う。

（2016年7月8日）

▼所期の目的果たした学力テスト

小学六年と中学三年の全員を対象に実施した二〇一六年度全国学力・学習状況調査（全国学力テスト）の結果が公表され、本県は全国トップ級の成績だった。二〇〇七年度のテスト開始以来九回連続となる。

この事実は県内外に広く知れ渡り、学力テストの成績は本県が自慢できる指標の一つとなっている。

一方では、県教職員組合のアンケートで学校がテスト対策に追われている現実も明らかになった。授業時間を使って過去のテスト問題などに取り組む学校が複数あり、学力テストが教員にとって大きな負担になっているという。本末転倒な気がする。

実は現在の学力テストの前身とも言える全国学力調査は六十年前に行われていた。しかし、学校や地域間競争がエスカレートして批判が高まり、さらには国による学力調査を違法とする裁判所の判断があって中止された経緯がある。

学力テストの趣旨はあくまで児童生徒の授業の理解度を確認して指導改善に役立てるものであろう。

九月二日付の本紙コラム「杉」は、九回の学力テストを経て所期の目的をある程度果たしたのではないか、としている。私も約六十億円かけて全数調査するより抽出調査で十分だとの主張に賛成である。

（２０１６年10月６日）

▼県民が納得する再発防止策を

国会議員による白紙領収書問題、地方議員の政務活動費不正受給など「政治とカネ」を巡る問題が後を絶たない。本県でも九月に、県議会議員による嫌がらせ（ハラスメント）問題が発覚した。

ハラスメントを受けた県議会事務局の女性非常勤職員によると、今年六月、当時自民党会派だった県議から飲み会に誘われ、その席で体を触られたという。その精神的ダメージから一週間ほど休み、七月に配置換えになったという内容だ。

県議は女性の体を触ったとされるセクシャアルハラスメントなどについては否定。仕事のお礼として飲み会に誘ったことに関しては、「いいことをしたつもりが、結果的にハラスメントになった」と釈明している。

事情を聴かれたこの女性は「議員から（飲み会に）誘われれば断れる立場になかった」と話しているという。職務上、相手より優位な立場にいる人が業務の適正な範囲を超えた強要となるような行為がハラスメントになる、という認識が、県議にはなかったのだろうか。

さらに、県政記者会による記者会見の申し入れに対し、県議が匿名報道と撮影禁止を条件として提示したことは、公人としての自覚があまりにも欠如している。自分が間違っていないなら名前や顔を隠さず、堂々と見解を述べるべきだろう。

この問題の防止策を話し合うために設置された「議会の紀律保持の在り方に関する検討会」では、県民が納得する再発防止策を早急に打ち出してもらいたい。（２０１６年11月7日）

▼ＪＲ男鹿線と共にある思い出

昨年十二月にＪＲ男鹿線は全線開通から百周年を迎えた。ＪＲ男鹿駅では記念イベント「男鹿駅まつり」が開催され、大勢の人がにぎやかに節目を祝った。

車を持たない私は、移動手段としてほとんど男鹿線を利用しており、車窓から見える四季折々の美しい風景にいつも見とれてしまう。

田植えの時期は水を張った田んぼが鏡のようにまぶしく輝く。太陽の光をたっぷりと浴びて育つ夏の稲はたくましく、黄金色の稲穂が垂れる実りの秋には感謝の気持ちがあふれてくる。こうした田園風景は農家の人が描く「アート」といえるだろう。

幼い頃は、母親と一緒に男鹿線に乗る楽しみだった。初めてトンネルをくぐったときの興奮を今でも覚えている。

受験のために男鹿市の自宅から秋田市の高校に向かうとき。社会人になって移り住んだ神奈川県からの里帰り。そして両親の危篤の知らせに駆け付けたとき。利用するのはいつも男鹿線だった。

春には、なまはげをイメージした赤い外観の車両と青い外観の車両で編成した新型蓄電池電車が導入される予定だという。これからも人々の人生に寄り添い、思い出を運び続けてほしい。

（２０１７年1月11日）

▼待ったなしの人口百万人割れ対策

先月、本県の人口百万人割れが現実のものとなった。想定されていたとはいえ、一九五六年の約一三五万人をピークに減少傾向が続き、一九八七年ぶりに九十万人台となった事実を重く受け止めたい。

人口減少社会の到来は近年起こったものではなく、半世紀以上も続き、戦後の高度成長期などで地方から都市部へと人口が流出、東京一極集中というアンバランスが生じた結果である。

そこで問題となるのは、人口が減ることで社会の活力が低下し、さらに人口が減っていく悪循環を、いかに好循環へ切り替えられるかである。

早くから危機意識を持って移住・定住促進の呼び込みに力を入れていた中国地方や九州地方では、成果が出始めている。また、最近の首都圏に暮らす住民アンケートでも、若い世代を中心に農山漁村移住への関心が見られ、子育てに適した自然環境を求める田園回帰の傾向が広がりつつある。

人口減少は社会を縮小させるが、全てがマイナスに働くわけではない。その縮小をプラスに考えることが可能なはずである。

本紙四月三十日付の寄稿で島根県の研究者・藤山浩さんは「最も多い年齢構成になっている六十代後半の世代が元気なここ十年が待ったなしである」と報告していた。この言葉を、私たち一人一人に課せられた未来への責任として胸に刻みたい、と思う。

（２０１７年5月25日）

▼創意工夫で男鹿線の活性化を

ＪＲ男鹿線は「男鹿なまはげライン」と呼ばれ、沿線の人たちに愛されている。男鹿駅からは午前五時台から午後十時台までの間、ほぼ一時間に一本ペースで一日十五本が秋田方面に向けて出発する。かつてはディーゼル機関車だったが、現在は鮮やかな赤と青の車両が連結されたエコな蓄電池電車となっている。

男鹿線の乗客数は減少傾向にあるようで、赤字ローカル線の一つになっている。それを打開するために、観光利用を増やす工夫をしたい。

一つは、車窓から風景をより楽しめるように、座席を対面の四人がけに変えることだ。春は新緑に映える水を張った田んぼ。夏は青々とし、秋は黄金色の稲穂がこうべを垂れる水田風景を楽しめる。雪景色、寒風山、真山と夕日、トンネルや鉄橋に加え、運が良ければ路線端を歩くキジを見ることができる。このように男鹿線の車窓からは四季折々の風景を楽しめるのだ。

もう一つは、定期的に特別列車を走らせることだ。三月九日、たけや製パンとJR秋田支社のコラボ企画でユニークなイベントが開かれた。JR五能線の観光列車「リゾートしらかみ」が普段と違う秋田—男鹿間を往復し、乗客がご当地パンを味わうもので、話題になった。例えば、民謡やカラオケを楽しむお座敷列車、きりたんぽを作って鍋を囲むきりたんぽ列車、利き酒に挑戦する秋田銘酒列車など、創意工夫で誘客や地元の人の参加につなげられるのではないか。高齢者にとって鉄道の旅は、自分で車を運転するより安全で安心。多くの乗客を集める可能性を秘めているように思う。関係者の皆さんとにぜひ一考してもらいたい。

（2024年5月2日）

▼女性の生きづらさをなくそう

昨年十二月二十三日付本紙によると、国立社会保障・人口問題研究所の推計で、二〇五〇年の県人口が、二十年から四十万人減り、五十六万人になるという見通しが示された。減少率四一・六％は全国最大だ。

また、今年四月二十五日付本紙によると、民間組織「人口戦略会議」が公表した報告書では、二十年～五十年に若年女性（二十～三十九歳）が半数以下に減り、将来的に〝消滅可能性〟があるとされた自治体が、県内二十五市町村のうち二十四に上った。割合は全国で最も高かった。一方、本県と同様に過疎化や高齢化が進んでいる島根県は、十九市町村のうち四にとどまった。

秋田県と島根県は、人口減少率や高齢化率などでともにワーストレベルだった。しかし若年女性の人口動態は〇〇年～二十年の増減率で秋田はマイナス四三・二％で全国最下位、島根はマイナス二九・五％で十五番目となっている。

秋田は若い女性がたくさん県外に出て、戻ってこない。これが島根との大きな差になっていると考える。その要因には女性が活躍できる場を十分につくれていないことが挙げられる。農村では、秋田は米単作農家が多く機会化も進んで女性の仕事場をつくりにくい。しかし、山間部の多い島根では農家の経営規模が小さいため、加工場や直売所が多く、女性の仕事や役割が多様化しているようだ。

日本が目指すべき社会像を提言している日本総合研究所の研究員がテレビ番組で「、消滅可能性が高い自治体に共通しているのは、六十五歳以上の男性の考え方が優先されていることだ」と喝破していた。地域社会に漂う男性優位のうっとうしさが、若い女性の生きづらさになっているのではないか。

（２０２４年7月20日）

▽えんぴつ四季

▼母の庭

白いハギの花が風に吹かれて咲いている。去年六月に急逝した母が好きだった花の一つである。

妹によると、旅行好きだった母は、旅先で気に入った花を見つけると現地で手に入れ、自宅に送って庭先に植えることがよくあったという。この庭に母の思いを乗せた花が咲いている。

小学校の教師だった母は、最後の赴任校が椿小学校という縁もあり、ここ北限の地で咲くツバキが大好きだった。春には赤、白、そして赤白が交じったツバキの花がリレーのように順番に咲く。

彼岸の墓参りの日だった。「自分が亡くなったら庭に植えた草花を供えてほしい」と母が生前口にしていたことを思い出し、キクやリンドウなどを摘んでいた。すると思いがけなく、サルスベリの木の下に彼岸花がニョキリと姿を現した。

子どものころ、「まかぬ種は生えないよ」としきりに聞かされていた。何事にも前向きに、まずはやってみることと私たちきょうだいに諭し、それを実践した母の姿が彼岸花に重なって見えた。

親元を離れ、都会暮らしをしていたころは、お盆と正月に帰省するとき以外、庭を見ることもなかった。今こうして、母がいつもしていたように庭先のいすに腰を下ろし、じっくり庭を眺めていると、不思議と母と対話しているような気分になる。
いよいよ秋本番。庭には母が植えた柿とクリ、そしてイチジクの木が大きな実を付けている。今年はどんな味だろうか。収穫が楽しみである。

（２０１０年10月13日）

月曜論壇

強み生かし「秋田再生」を

加《か》藤《とう》真《しん》一《いち》

第二の人生を「秋田の再生」にささげようと7年前に帰郷した私にとって、この「月曜論壇」は学びの場だった。それだけに、本欄に執筆できることは感慨深い。現在取り組んでいる地域おこしなどについて書いていきたいと思う。

本県の人口は今年4月に100万人を割ったが、私が小学生だった昭和30年代は135万人とピークにあり、秋田市の広小路や川反には人があふれていた。東大入試が中止となった1969年3月、私は高校を卒業し進学のため上京した。各大学で「大学解体」などを叫ぶ学園紛争が吹き荒れる中、東京一極集中に疑問を感じていた私が研究テーマに選んだのは「地方自治」と「教育」だった。

70年代は地方の時代が叫ばれ、神奈川県を中心に「地方分権」や「住民参加」を掲げる革新自治体が誕生した。藤沢市もその一つ。「地方自治を学びたいなら藤沢市がいい」とのゼミの教授の勧めにより、私は同市で教職に就いた。湘南の中核都市である藤沢市は現在も市民意識が強く、暮らしやすい街として人口が増え続けている。

一方、本県は全国トップの少子高齢化社会で、若者の県外流出が止まらない。本県の課題である人口減少と高齢化問題が帰郷した私のライフワークとなっている。

では、「秋田の再生」の処方箋は何か。一言でいえば秋田の強みを生かすことである。豊かな自然と恵まれた食、温かい人情、伝統ある郷土芸能と文化—。こうした地域資源を磨き上げて全国に発信することである。

現在、私が取り組んでいる活動に、これまでの経験や人脈を生かした「秋田—湘南プロジェクト」がある。来年5年目を迎えるこのプロジェクトでは「秋田の食&観光フェアin湘南」をJR藤沢駅で毎年開催している。今年1月にも実施し、なまはげと秋田犬が登場して大盛況だった。そして、男鹿市の男鹿中・浜間口地区の耕作放棄地をソバ畑に生まれ変わらせ、「浜のそば」が誕生した。男鹿の新名物として育てていきたい。

「秋田は商売が下手である」という話をよく耳にする。昔から秋田は良質のコメや秋田杉、石油や鉱山資源に恵まれ、原材料を売ることで経済が成り立ってきた。小学5年の時の担任が「君たちは水田と油田、二つの田がある秋田に生まれたことを誇りに思え」と豊かさを強調していたのを思い出す。工夫して商売をする必要がなかったのだ。だが今後は、積極的に県外と交流し、外に出向いて「アウェー(敵地)」で戦う姿勢が求められる。

本県が直面する人口減少と超高齢化は、これまで日本の社会が経験したことのない課題であり、遠からず世界が直面するテーマでもある。どう対処すればいいのか「正解」を知っている人は誰もいない。その意味でも、課題先進県として秋田の衆知を集めたい。具体的な解決策を打ち出す意義は極めて大きい。

【筆者略歴】50年男鹿市生まれ。秋田南高—上智大卒。神奈川県藤沢市で教職に就き、市立鵠沼小学校長で定年退職後に帰郷。地域資源の会・秋田代表、おが東海岸推進協議会会長。男鹿市住。

2017・10・30

月曜論壇

「営業立県」を目指そう

加《か》藤《とう》真《しん》一《いち》

私が取り組む地域交流活動の一つに「秋田―湘南プロジェクト」がある。美しい自然と豊かな食文化に恵まれた日本海側の秋田と、太平洋側にあり太陽と潮風のイメージの湘南（神奈川県藤沢市）をつなぐことはできないか―と考えたのが発端だ。藤沢市は帰郷前に私が教師として働いた街である。

イベント開催などについて素人の私が、計画を具体化するために通ったのが東京の経営コンサルタントが月1度主催する異業種交流会だ。霞が関の官僚、大企業や中小企業の経営者、地方の首長らさまざまな分野の人が全国から集まっていた。

ここで多くのアイデアや実践的知識を学び、4年前に男鹿市で官民協働の「ナマハゲの里!!活発男鹿」食のモデル地域協議会を立ち上げた。そしてプロジェクトの第1弾として本県産野菜などを販売する「秋田の食&観光フェアｉｎ湘南」を企画した。2日間にわたって本県の物産と観光を売り込むもので、農林水産省の補助事業に採択され資金面の土台を得た。

だが、企画を実現するのは試行錯誤の連続だった。観光PRのため、湘南名物の「江ノ電」になまはげを乗せようと計画したが、運行会社に「通勤客などがいる中で刺激が強すぎる」と一蹴された。ならば「なまはげの横に市女笠《いちめがさ》の秋田小町を」と再提案し、OKをもらった。

次は、湘南で「秋田」をいかにアピールするかだった。藤沢市役所の記者会見室を借りることができ、なまはげ柴灯《せど》まつりの大きなポスターを貼って準備。集まった全国紙の記者に「なまはげというのはこんな感じで」と動作を交えてにぎやかにPRした。翌日の各紙地域版には、フェアのことが大きく掲載された。実際になまはげが乗った初日の江ノ電の様子がテレビで報道されると、2日目の藤沢駅には大勢の人が詰め掛けた。

こうして、第1回秋田フェアは徒手空拳ながら体当たりで実現することができた。だが、「助成金が出ている間は活動が続くが、打ち切られると死屍累々《ししるいるい》だ」という霞が関官僚の言葉が重くのしかかっていた。

助成事業は基本的に単年度のものが多く、本来は事業立ち上げのための資金であり、いかにして自前の活動に接続できるかが最大のポイントである。秋田フェアも例外ではなく、助成金がなくなった2年目が分岐点だった。1年目の参加者でも、自費参加となると消極的な人が多かった。幸い男鹿市の農家グループがフェアの趣旨に賛同してくれ、地元で生産したあきたこまちや冬季栽培で甘みの増した野菜を持参して参加してくれたため、継続することができた。

藤沢駅構内を行き交う客に野菜などを売り込む際、農家の男性たちは恥ずかしがってなかなか大きな声を出せない。2日目は開き直って秋田弁でPRし、女性客らとの間に笑いの輪ができた。翌年は接客力の高い夫人たちにも参加してもらい、販売ブースは大盛況だった。

首都圏などで本県関係のイベントがさまざま行われているが、「生産立県」もさることながら「営業立県」の重要性を痛感させられる。現場で接客やPRの感覚を磨くことが大切だ。

（地域資源の会秋田代表、男鹿市住）

2017・12・4

月曜論壇

「関係人口」を増やそう

加《か》藤《とう》真《しん》一《いち》

秋田で一番寒い2月は、雪国ならではの熱い小正月行事が盛りだくさんだ。男鹿のなまはげ柴灯《せど》まつりは、神事と民俗行事を組み合わせた観光行事。勇壮で迫力あるなまはげの乱舞は今年も大勢の観光客を魅了した。

以前、横手のかまくらと六郷の竹うちをはしごしたことがある。かまくらでは「入ってたんせ」と綿入れ姿の少女たちの元気な声に迎えられ水神様に手を合わせた。女の子の一人は中学1年生だったが、先輩らしき少女から助言を受けて頑張る姿はほほ笑ましかった。

北軍と南軍が3回にわたり青竹を激しく打ち合う竹うちは、2回戦終了後に願い事を書いた「天筆焼き」が行われ、炎に照らされて最後の戦いが繰り広げる様は迫力満点だった。「静」のかまくらと「動」の竹うち。対照的な二つの伝統行事から、地元住民の行事への熱意と厳しい冬とうまく付き合う知恵のようなものを感じた。

こうした秋田の小正月行事と食をPRするため先月27、28の両日、神奈川県藤沢市のJR藤沢駅で「秋田の食&観光フェアin湘南」を開催した。男鹿市の民間事業者で構成する「ナマハゲの里!!活発男鹿」食のモデル地域協議会が、県と男鹿市、由利本荘市、秋田内陸縦貫鉄道と連携して実施するものだ。

今年で5周年を迎え、堀井啓一副知事を団長に、男鹿の農家有志でつくる「男鹿にがり米愛好会」のメンバーらが藤沢市長を表敬訪問し、なまはげを伴い事前の記者会見に臨んだ。続く懇親会には、私が藤沢市で教職に就くきっかけとなった故・葉山峻市長の夫人と、市長の応援団長だった映画監督の故・大島渚氏夫人で女優小山明子さんが藤沢市民を代表して参加してくれた。2人とも秋田の大ファンで、フェアで特産品を大量に購入していただいた。

この5年間のフェアの積み重ねで見えてきたことがある。約150万の人口を有する湘南地区には本県出身者が多く住み、心強い応援団が存在するということだ。開催を楽しみに待っていて、知人や友人に特産品を紹介してくれる人もいる。

今回も、神奈川県在住の本県出身者が本紙「声の十字路」に掲載された「ふるさと創生はみんなの底力で」という投稿のコピーを持参して会場に駆け付けてくれた。また、目に涙をためて販売ブースに来た若い女性がいて、理由を尋ねると「秋田弁を聞いて古里を思い出した」との返事だった。

フェアでは、男鹿にがり米愛好会が栽培する冬のビニールハウスで甘みが増したホウレンソウなどの「男鹿の寒甘《かんかん》野菜」がヒット商品になっている。冬の寒さが甘みを醸成するのだが、湘南の消費者にすると雪国秋田でなぜこんなに甘みのある野菜が取れるのか不思議らしい。

愛好会のメンバーは、この5年間で首都圏のコメ問屋との関係も強めている。減反政策が打ち切られる情勢下、生産農家と首都圏のコメ問屋が直接取引する意義は大きい。

このように、フェアを通じ秋田と関係する人がどんどん増えている。こうした「関係人口」が、これからの地域活性化のキーワードになると考える。

（地域資源の会秋田代表、男鹿市住）

2018・2・19

月曜論壇

古里への熱い思い

加《か》藤《とう》真《しん》一《いち》

春の訪れを告げるマンサクが開花した。卒業や進学、就職、人事異動の3月は旅立ちの季節だ。教員生活を送っていたころは毎年、巣立つ教え子に「贈る言葉」を述べていた。この春も多くの若者たちが夢と希望を抱いて郷里から旅立って行くだろうが、Uターン組の一人として古里のことを心に留めてもらえるようメッセージを贈りたい。

北都銀行会長を務め、1月30日に79歳で逝去した町田睿《さとる》さんのお別れ会が先日、秋田市内のホテルで開かれ、参列者の一人として献花した。8年前に神奈川県藤沢市から帰郷した私には、当時町田さんが執筆していた「月曜論壇」は大切な学びの機会だった。千屋村（現美郷町）出身で大手都市銀行から山形の荘内銀行頭取となり、そして北都銀行会長として郷里秋田に戻り、一貫して「地方創生」を熱く説く「月曜論壇」は町田塾と言うべきものだった。

塾生として感想や意見を書いた手紙を送ったところ、懇篤な言葉がつづられた返事を頂いた。以来、町田さんとの手紙の交流は亡くなるまで続いた。町田さんは環境の変化に対応することの重要性を「秋田人よ！茹《ゆ》でガエルになるな」との表現で訴えたり、苦難に遭いつつも戦中・戦後の混乱期をたくましく生き抜いた女性を通じ「山形のおしんに学べ」と説いたりした。熱い提言の数々は、ストレートに私の心に響いた。

昨年1月に北都銀行東京事務所に招かれてお昼をごちそうしてもらったのが直接お会いした最後となった。人生第2部を「秋田の再生」にささげるつもりで帰郷した私にとって、町田さんからのメッセージは貴重な糧となっている。

一方、2月に行われた平昌《ピョンチャン》冬季五輪で、私は「若い力」から多くの感動と勇気をもらった。特にカーリング女子で日本初の銅メダルを獲得したチーム「LS北見」の活躍は、人々の目を地方に向ける効果ももたらした。

快進撃の立役者はチーム創設者の本橋麻里選手だ。トリノ、バンクーバー両五輪に「チーム青森」として出場。いずれも1次リーグで敗退したが、カーリング人気の火付け役になった。

両五輪の優勝国はスウェーデン。選手の多くは育児中だったが、大会期間中も選手村のカフェで家族と談笑していた。その姿を見て、勝敗だけにこだわっていて心に余裕がなかった自分に疑問を抱いたという。

本橋選手は人間力のあるチームを作りたいと、バンクーバー五輪後に地元の北海道北見市常呂町に戻りチームを立ち上げた。まさしくゼロからのスタート。それが今、実を結んだ。「常呂町にいなければ夢はかなわなかった」。人口約4千人の常呂町で育った吉田知那美選手がメダル獲得後に地元へ戻り、集まった人たちに語ったこの言葉が印象的だった。

カーリング効果で北見市のふるさと納税は大幅に増え、試合中の休憩時間に菓子や果物を頬張る「もぐもぐタイム」で選手たちが食べていた地元の菓子「赤いサイロ」の名も全国に広まった。小さな常呂町から大輪の花を咲かせたLS北見は、最高の地域おこしを実践したのである。

（地域資源の会秋田代表、男鹿市住）

2018・3・19

月曜論壇

人口減対策は地域単位で

加《か》藤《とう》真《しん》一《いち》

桜も開花し、県内は春らんまんの季節を迎えた。国立社会保障・人口問題研究所は先月30日、将来推計で2045年の本県人口が約60万人に減少すると発表した。推計によると、県内13町村では人口が15年から半分以下になる。私が暮らす男鹿市は減少率が63・5%と県内13市で最も高く、約2万8千人から約1万人に減るという衝撃的な数字が示された。

3期目の2年目に入った佐竹県政は、人口減対策を前面に打ち出した「第3期ふるさと秋田元気創造プラン」をスタートさせ、県内人口の定着・回帰を促すために転出超過による人口の社会減を半減させるという高いハードルの数値目標を掲げた。県人口は昨年に100万人を割り込み、加速する人口減や少子高齢化に歯止めをかけるのは容易ではなく、相当に気概のある取り組み姿勢が求められる。

人口減は「静かな有事」と呼ばれる。日々の減少は極めてわずかであり、「昨日と今日の変化を指摘せよ」と言われても答えに窮するからだ。実感として影響を感じにくいがゆえに人々を無関心にもする。これこそが、この問題の真の難しさだ。ゆっくりではあるが真綿で首を絞めるように事態は進行し、一人一人の暮らしが確実にむしばまれていく。それだけに、人口減で生じる弊害や不都合な事実に目を背けず、それに立ち向かう選択をしなければならない。

2年間勤務した秋田をこの3月に離れた全国紙の支局長が語った印象深い話がある。「秋田が逆境を乗り越えるにはもっと結果と向き合え」という内容だった。具体的には▽枝豆の売り上げは日本一を達成したが、単価が高くなくもうからないからやめたいと話す農家がいる▽農業の6次産業化について、地場産の農産物で新規の商品を開発したので道の駅で販売します、とのリリースはよくあるが、売れなければそれで終わってしまう—などだ。

結果と向き合うことが必要なのは、人口減問題も同じではないか。なぜ年間1万人以上の減少が続くのか。その原因と対策についての分析と考察は十分なのか。特効薬はないというが、九州・中国・四国地方では移住促進策により社会増を実現する自治体も出ている。

全国に先駆けて人口減対策に取り組み、成果を上げている島根県の研究者・藤山浩氏の提言をかみしめてみたい。人口減少に立ち向かうために大切な三つの視点は「そらさない」「愚痴らない」「焦らない」。人口減克服のこつは、県や市町村単位ではなく公民館区など顔の見える地域単位で具体的な目標を立てること。集落の維持・活性化に向けた「小さな拠点」を作りながらその地域の人口の1%定住増を目指すべき—というものだ。これでほとんどの地域の人口は安定させられるという。

秋田も数値目標を住民が共有し、行政と共に本気になって取り組むべきだと藤山氏は忠告する。「人口が減って困る」と言うだけでは外から人は来ない。人口問題は、一人一人が地元に根差した暮らしと価値観を大切にし、それに誇りと自信を持っていかに充実した人生を送るかにかかっている。

（地域資源の会秋田代表、男鹿市住）

2018・4・23

月曜論壇

人を呼ぶ過疎地のそば

加《か》藤《とう》真《しん》一《いち》

大型連休中、久々に「浜のそば」で接客をした。昨年9月に男鹿市男鹿中浜間口にオープンした手打ちそば店である。

浜間口地区は約50戸。砂浜が続く海岸線は美しく、晴れた日は入道崎や白神山地まで見渡せる。私が会長を務める市民団体「おが東海岸推進協議会」は2015年の設立以来、主要な観光ルートから外れていた半島北東部を「おが東海岸」と名付け、新たな観光スポットにするための活動に取り組んでいる。

同協議会が耕作放棄地に栽培したソバを使って販売しているのが浜のそば。古民家を改修した青い屋根に赤い文字で店名が記されている。

この店に連休中、男鹿市内外から多くの来客があった。仙台市から4時間かけて訪れたというシニア夫婦は「お昼は浜のそばで」と決めていた。秋田が大好きで、年末年始は男鹿市のホテルで過ごしているという。「秋田のどこが好きですか」と尋ねると、「こせこせしないのんびりした県民性」との答えが返ってきた。

横浜市から実家のある秋田市に帰省した母子連れは「そば打ち体験がしたい」と来店。初めて自分で打ったそばをお土産に「学校で自慢できる」と喜んで帰った。函館市に向かう途中で立ち寄ったという千葉県の男性は「角館で桜を見て、この店のことを聞き付けて来た」と言い、大きなバイクにまたがり次の目的地に向かった。

過疎地のそば店を訪ねる理由は何なのか。接客する会話の中から探ってみた。一般的にソバの産地は里山が多く、沿岸部には少ない。その点で「浜のそば」という名称には意外性があり、好奇心をくすぐられていることがうかがえた。

何よりうれしいのは、一様に「おいしい！」とそばの味を評価してくれることだ。そばは喉越し・香り・風味で決まる。看板メニュー「潮かぶりそば」のソバは沿岸部で栽培され、潮が降りかかることで甘さが増す。スイカに塩をかけると甘さが際立つのと同じだ。この小さな浜間口地区で海・里山・川・ソバ畑の四つの風景をいっぺんに味わえることも大きいのだろう。

効率や成長が重視される社会の中でいったん立ち止まり、ローカルな暮らしや自然に目を向けよう。「浜のそば」に人々が訪れる背景には、そんな時代の空気もあるように思う。

先日、秋田市で33年ぶりに開かれた第66回全日本広告連盟秋田大会に参加した。パネルディスカッションは「変化の鼓動が地方から出ている今、地元の価値を見直して新たな発想で地域との多様な関係を構築せよ」が趣旨だった。秋田はPR下手と言われるだけに、広告＝発信を通していかに本県の魅力を伝え、産業の発展やインバウンド（訪日外国人客）の増加につなげるかは大きな課題である。

単に購入するのではなく、足を運んで買うこと、食べることには大きな価値がある。「もの」から「こと」へ。人々の価値基準は転換期に入っているといわれる。つくり手の顔が見えることで得られる安心感や温もりは心からの感動につながる。食べ物は人と土地、人と人をつなぐ媒体なのである。

（地域資源の会秋田代表、男鹿市住）

2018.5.28

月曜論壇

「浜辺の歌」が取り持つ縁

加《か》藤《とう》真《しん》一《いち》

北秋田市出身の作曲家・成田為三（1893～1945年）を顕彰する同市の「浜辺の歌音楽館」で先月30日、開館30周年を記念した式典が開かれた。この歌を縁に同市と交流している神奈川県藤沢市から鈴木恒夫市長らが出席。約70人の合唱団が「浜辺の歌」など3曲を披露し、節目を祝った。

「あした浜辺をさまよえば―」で始まる「浜辺の歌」は1916年、為三が東京音楽学校在学中に作曲し、幼少期を藤沢市で過ごした林古渓（1875～1947年）が辻堂海岸の情景を思い浮かべて作詞したとされる。日本の代表的な唱歌であり、心のふるさととして多くの日本人に今も愛されている。2016年12月からは、藤沢市のJR辻堂駅の発車メロディーに使用されている。

「浜辺の歌」は私にとっても思い出深い歌だ。子どもの頃、音楽教師だった父が休日になると学校の音楽室に連れて行き、ピアノを弾きながら独唱したのがこの歌。秋田県師範学校出身の父は、為三先輩が練習したピアノで自分も練習したことを誇りに感じていた。

私は藤沢市で約30年間教員生活を送って退職した後、同市を含む湘南地域との交流を通じ本県の活性化を図る「秋田―湘南プロジェクト」に取り組んでいる。その一環として北秋田市や藤沢市の合唱団が「浜辺の歌」を歌う構想を描いていた2015年の秋ごろ、藤沢市辻堂の有志でつくる「辻堂駅開設100周年事業実行委員会」の山田栄実行委員長（今年2月、87歳で死去）から一本の電話が入った。

100周年事業の柱として、辻堂駅の発車メロディーに「浜辺の歌」を使ってもらう運動を展開する予定だが、もし決まったら、記念イベントの式典で、北秋田、藤沢両市の合同合唱をお願いしたいとの用件だった。

辻堂駅は、為三が「浜辺の歌」を作曲した1916年、地域住民が土地や資金を提供して請願駅として開業した。以来10年ごとに住民主体の式典を開催するなど、駅と地域の結び付きは強い。実行委は発車メロディー実現を目指し署名運動を展開。集まった約2万8千人分の署名とともにJR東日本に要望した結果、念願がかなった。

100周年事業の記念イベントは「浜辺の歌コンチェルト」と銘打ち、2016年11月に辻堂駅近くの公園で開催された。北秋田市の「浜辺の歌音楽館少年少女合唱団」の9人が為三作曲の童謡「葉っぱ」「かなりや」や「秋田県民歌」など7曲を高らかに歌い上げ、最後に藤沢市の「すずかけ合唱団」30人と一緒に「浜辺の歌」を大合唱。会場から大きな拍手が起こった。津谷永光市長も祝辞を述べて北秋田市を大いにPRした。

昨年7月には、このイベントに参加してくれたことへの感謝を伝えようと、山田実行委員長らが北秋田市役所を訪問。津谷市長に記念品と鈴木市長の親書を手渡し、両市の交流推進を呼び掛けた。

そして今回の式典である。「浜辺の歌」が取り持つ縁の大きさを感じる。豊かな観光資源と歴史文化を誇る北秋田、藤沢両市の交流は、さらに深まっていくだろう。

（地域資源の会秋田代表、男鹿市住）

2018・7・2

月曜論壇

感動与えるアジサイ寺

加《か》藤《とう》真《しん》一《いち》

今年の夏は男鹿が元気だ。男鹿市船川港に今月1日、新たな観光拠点施設として期待される市複合観光施設「オガーレ」（道の駅おが）と移転新築したJR男鹿駅が同時オープンした。そして今や「アジサイ寺」として男鹿半島の代表的な観光名所になりつつあるのが、同市北浦の雲昌寺《うんしょうじ》である。

雲昌寺は港を見下ろす一角に立つ。青い空と海を背景に、その風景と溶け合うかのように鮮やかな青色の花を咲かせるのが人気の的だ。このアジサイを管理しているのが古仲宗雲《しゅううん》副住職(48)。たった一人で境内全てのアジサイを育てている。

きっかけは15年前。境内に咲いた一輪のアジサイがあまりにもきれいだったことから「この寺を花の名所にしたい」と思い立ち、一つの株を元に挿し木を繰り返したところ1200株にまで増えた。7、8年前は訪れる人が年間で30人ほどだったが、口コミで増え続け、昨年は旅行ガイド本「死ぬまでに行きたい！世界の絶景・新日本編」に掲載されて2万人弱に。今年は花の見頃に合わせた観覧期間が今月22日で終了。いったん境内を閉鎖し、来月から再び開放する予定だが、すでに4万人を超えたというから驚く。

雲昌寺が建立されたのは約400年前。佐竹家が秋田の地に来た後のことだ。実は私の母方の総本家が古仲家（現在の当主は37代目）で、そこにある家系図「子孫言伝之記録」に由来が記されている。少し長くなるが、一端を紹介したい。

古仲家は平泉文化を築いた藤原清衡の代官として北浦に入り、一帯を治めたと伝えられている。初代・清重は平安の武将・安倍頼時の子である重任（北浦六郎）の一子で、奥州藤原氏の初代・藤原清衡（重任の姉の子）のいとこに当たる。

八望台近くの「相馬館」跡は、古仲家の支配拠点だった。24代目・清躬が慶長7（1602）年、北磯と南磯の肝いりを引き連れて佐竹義宣公を院内峠まで出迎えに行き、脇差を拝領。その縁で義宣公は、しばしば北浦を訪れるようになった。

古仲家の先祖は一時下野（現在の栃木県）に住んでいた。清躬が義宣公から、若くして死去した正宝・正洞院（下野・那須氏の娘）について聞いたことなどから、縁が深まったとみられる。清躬が先祖の居城跡の土地と材木を提供し、正洞院の末寺として創建したのが雲昌寺。雲昌寺の本寺である秋田市の正洞院は明治維新で廃寺となり、同市の天徳寺に併合された。

北浦には、江戸から明治にかけ日本海を行き来した北前船でにぎわった歴史がある。明治代はニシン漁が盛んで、米相があった。船川港で大型船舶停泊を可能にする築港工事がめられるようになると、周辺村落や遠隔地から多数の移住が流入。大正時代には船川港男鹿半島で最も人口が多い地となったが、それまでは北浦が最多だったのである。

現在の北浦はハタハタの取る漁港として知られるが、こ数年は漁獲量が激減。その北で、一株を元に育て上げられ「アジサイ寺」が評判を呼び、多くの人々に喜びと感動を与ているのが感慨深い。

（地域資源の会秋田代表、一鹿市住）

2018・7・30

月曜論壇

金農 見事な「秋田おこし」

加《か》藤《とう》真《しん》一《いち》

9月に入ったが、「金農旋風」の余韻がさめやらない。第100回を迎えた夏の甲子園大会で、県勢として第1回大会（1915年）で準優勝した秋田中（現秋田高）以来、103年ぶりの決勝進出を果たした金足農高。その快進撃は県民だけでなく、全国のファンの記憶に深く刻まれた。

今大会の出場校56校中、公立校はわずかに8校で、しかも農業高校は金足農1校のみ。有力選手が県境を越えて集まる私立校の活躍が目立つ中、公立校で地元出身だけの「雑草軍団」が並み居る強豪校を次々撃破し、大会の主役へと一気に駆け上がったのだからドラマチックだ。

神奈川県で約30年間暮らした私にとっては、特に南神奈川代表の横浜を破った3回戦の戦いぶりが鮮烈だった。横浜の夢を打ち砕いたのは、高橋佑輔選手の高校初アーチ。2点リードされて迎えた八回、伝令の菅原天《た》空《く》選手に「初球を思い切って振れ！」と背中をたたかれ、気合を注入されたという。バックスクリーンに打球が吸い込まれる逆転3点本塁打。ベンチに戻った高橋選手に抱きついて喜んだ吉田輝星《こうせい》投手が九回、150㌔を記録する直球などで3者連続三振を奪って試合を締めくくったのも圧巻だった。

横浜の元監督で松坂大輔、筒香嘉智両選手を育てた渡辺元智氏がこの試合のテレビ解説を務め、「金足農は決して吉田投手のワンマンチームではない。選手全員が甲子園で成長している」と語ったのも印象に残った。

試合終了後、神奈川・湘南の知人や友人から「雪国・秋田の粘り強さには驚かされた」「最後まで諦めないチーム力に感動した」「秋田は学力が高いだけでなく、高校野球もすごいんですね」などと祝いの電話やメールが次々届いた。

優勝候補と目された地元期待の名門校が8強を前に敗退したというのに、金足農への賛辞がやまなかった。それだけ選手たちの一生懸命さが伝わる試合、心を打つ戦い方だったということだ。秋田県人として素直に誇らしかった。

金足農はその後も吉田投手を中心に全員野球で勝ち上がった。誰かがミスをしてもチーム全体でカバーし合い、勝利を目指す姿勢は高校野球の神髄であった。悲願の東北勢初優勝は持ち越しになったが、それも決して遠くはないことを実感させてくれた。

それにしても、金足農の大躍進が秋田県民はもとより、全国民の心をつかんだ要因は何だったのか。一言で言えば、高校野球の本来あるべき姿を示してくれたことにあるのではないか。強者がより強さを増して格差が広がっていく中、地域に根差して地方で頑張る選手たちにエールを送りたい。その気持ちが爆発したのだろう。

人口減少や少子高齢化など本県を取り巻く環境は厳しさを増しているが、一丸となって目標に向かえば夢はかなうということを、金農の雑草魂が教えてくれた。甲子園という大舞台での快進撃は県民を感動させ、勇気づけた。これは見事な「秋田おこし」だ。今度は県民一人一人がさまざまな分野で、この感動と勇気に応える番である。

（地域資源の会秋田代表、男鹿市住）

2018・9・3

月曜論壇

GBビジネス 地域に力

加《か》藤《とう》真《しん》一《いち》

県内各集落の高齢者が県の支援を受けながら2011年から展開している事業に「GB（じっちゃんばっちゃん）ビジネス」がある。地元で採れた山菜やキノコなどを首都圏に売り込んでおり、好調だ。

県活力ある集落づくり支援室が事務局を務めて販売窓口業務などを引き受け、個々の集落の自治会などが主体となって取り組むワラビやコゴミ、タラノメなどの出荷を後押し。13年度からは、首都圏のスーパーや飲食店などへの共同出荷をスタートさせた。由利本荘市内の集落が運営する加工所は、ミズやフキ、ゼンマイなどを真空パックにして通年で販売できる体制も整えた。

活動は徐々に軌道に乗り、13年度は6だった参加集落の数が現在は19にまで増えた。昨年11月には、このうち大館、由利本荘、横手など9市町村にまたがる、合わせて10の集落が、NPO法人「あきた元気ムラGBビジネス」を新たに設立して共同出荷を開始した。需要に応じ、ある程度まとまった量の出荷を続けるには、一つ二つの集落では対応し切れない面があるからだ。

元気ムラの全体の売り上げは右肩上がりが続く。スタートした13年度の330万円が翌14年度は740万円に達し、昨年度は1200万円とさらに増えた。山菜出荷のため自治会が市町村の枠を超えて連携する取り組みは全国的にも珍しく、今後の展開に期待が高まる。

高齢者の知恵や経験を生かし、地域資源を新たな収入に結び付けるGBビジネスの輪が広がっているのは頼もしい限り。

販売しているのは、それまで近隣住民同士で分け合っていた山菜や手作りの漬物などだ。それが首都圏の人たちには貴重であり、人気が高いのだ。地方に大切な資源が眠っていることをあらためて実感する。

私が代表を務める市民団体「おが東海岸推進協議会」は、3年前から男鹿市男鹿中の浜間口集落で食と観光による地域おこし活動をしているが、ここの里山は山菜の宝庫である。その浜間口集落の住民が、男鹿市では2番目の集落として元気ムラに加入し、今春から出荷を始めた。その際、同市で最も早く加入した鮪川集落が先生役を務めてくれた。

浜間口集落に続き、隣の中間口集落も新たに加入。男鹿市では今 計3集落が活動している。先日は首都圏のスーパーの社長が秋田を訪れ、鮪川で「漬物新商品検討」をテーマに交流会を開催。県内から集まった生産者と試食しながら率直な意見を交わしたのは極めて有意義だった。

GBビジネスの目的は、収入を増やして地域経済を活性化するだけでなく、高齢者の生きがい創出を図ることにある。主人公は集落に住む一人一人だ。モットーは「元気で楽しく」。これが活動の推進エンジンになっている。

県は「健康寿命日本一」を掲げてさまざまな取り組みを進めているが、心身の健康を保つには住民同士が交流し、社会との関わりを持ち続けることが肝要である。その意味でもGBビジネスの意義は大きい。

（地域資源の会秋田代表、男鹿市住）

2018・11・5

月曜論壇

ナマハゲ行事の意義

加《か》藤《とう》真《しん》一《いち》

余すところわずかになった今年の秋田県の三大ニュースとして、秋田犬人気、金農旋風、そして「男鹿のナマハゲ」の無形文化遺産登録を挙げたい。

男鹿のナマハゲは2011年に国連教育科学文化機関（ユネスコ）の審査を受けたが、登録済みの「甑島のトシドン」（鹿児島県）に類似しているとの理由で見送られた。政府は複数行事をまとめて一つの遺産とみなす手法に切り替え、昨年3月に登録を申請した。

今回登録されたのは「男鹿のナマハゲ」「甑島のトシドン」を含む8県10件の伝統行事で構成する「来訪神　仮面・仮装の神々」。男鹿のナマハゲは1978年に国の重要無形民俗文化財に指定されてから40年目でユネスコ登録が実現したことになる。

人間の怠け心を戒め、家内安全と豊年豊作豊漁を願い、災厄が積み重なっている古い時間を追放して新しい時間を迎え入れるため、大みそかに現れる。文化的価値の高い地元の伝統行事が、晴れて世界の文化遺産に選ばれたのは喜ばしい限りだ。

神奈川県藤沢市で小学校教員をしていた時に総合学習「生活科」の教科書づくりに関わり、2年生の単元に「男鹿のナマハゲ」を入れたことがある。文部科学省の教科書検定官から「なぜナマハゲを?」と質問された際、「ナマハゲは人間に戒めと畏怖を教える大切な存在だから」と答えた。この教科書は藤沢市を含む湘南エリアのほか、全国各地で使用された。

今回のユネスコ登録で地域活性化や観光振興などへの期待が高まる一方、伝統行事を継承していくための課題も浮き彫りになっている。少子高齢化に伴う担い手不足と、迎え入れる家庭の減少である。

男鹿市教育委員会が2015、16年度に行った調査によると、ナマハゲ行事が続いているのは市内148町内のうち56%に当たる83町内で、平成に入った1989年以降は35の町内で中止となった。男鹿市の人口減少率は県内でもトップクラス。かつてのように青年団がナマハゲの主役を務めるのは難しくなっている。

そうした中、一度途絶えたナマハゲ行事を復活させる動きも一部で見られる。昨年は脇本の飯ノ森地区で15年ぶりに再開。今年は払戸の小深見地区で復活する計画がある。

文化は時代と共に変遷しながら、次の時代に継承されていく。最近、若い子育て世代の間で話題になっているのが「鬼から電話」などと題したアプリ。子供が親の言うことを聞かない時に「鬼さんが来るよ!」と伝えると、赤鬼と青鬼がスマートフォンの画面に現れて雄たけびを上げるという仕組み。ナマハゲが現代に生きている証しともいえる。

男鹿のナマハゲは地域の結束を深め、人々をつなぐ絆となる役割を果たしてきた。ユネスコ登録を機に来訪神のある自治体間の連携を深め、保存や振興を図るためのノウハウを互いに伝え合う必要がある。

平成最後の今年の大みそかはこれまで以上に厳粛さと畏敬の念を抱き、来訪神・ナマハゲを迎え入れたい。

（地域資源の会秋田代表、男鹿市住）

2018・12・17

月曜論壇

官民協働に一層力を

加《か》藤《とう》真《しん》一《いち》

　私が30年間暮らした神奈川県藤沢市を含む湘南地域との交流を通じて、本県の活性化を図る「秋田―湘南プロジェクト」。その延長で取り組んでいることの一つに箱根駅伝の「合同応援」がある。

　箱根駅伝往路の藤沢市を走る3区で、早稲田大学OBでつくる「稲門会」の藤沢市の組織と本県の組織が共に母校を応援するのだ。私の友人が藤沢市の幹事長を務めていることから、本県の幹事長だった佐野元彦さんに合同応援を呼び掛けたところ、快諾を得た。3年前から毎年行っている。

　秋田からは地酒を持参。合同応援終了後は近くの時宗総本山・遊行寺に初詣し、本県出身の店主が経営する和食店に場所を移して親睦交流会を行うのが恒例となっている。この縁で夏の竿燈まつりや大曲の花火に藤沢のメンバーが訪れるなど相互交流が進む。参加者は計20～30人。ささやかだが意義のある秋田と藤沢の交流だ。

　プロジェクトの目的は、少子高齢化が全国一の速さで進む秋田の活性化だ。本県には豊かな自然と恵まれた食という地域資源がある。これを磨き上げ、県産品を県外に売り込む「地産外消」を進める必要がある。

　そもそもの始まりは、8年前に藤沢市の鵠沼海岸商店街の夏祭りで秋田の名産品を販売し、自らナマハゲに扮《ふん》して男鹿をPRしたこと。男鹿の海藻ギバサが全国的にまだよく知られていなかった頃。「これは何ですか？」と当惑した顔で尋ねられたが、大きな鍋で作ったみそ汁に入れて試食してもらったところ、「磯の香りがすごい」と大好評だった。

　この体験を基に、翌年には地域食材の利用拡大を支援する農林水産省の「食のモデル地域育成事業」に応募し、補助事業に採択された。それがこれまで5回にわたり行われた「秋田の食&観光フェアin湘南」。助成事業は単年度のものが多く、助成金の打ち切りが即事業終了となりがちだ。いかに自力で活動を続けられるかが最大のポイント。このフェアも助成は1年限りで2年目が分岐点となったが、男鹿市の農家グループが趣旨に賛同し、協力してくれたことが事業継続につながった。

　フェアは私が会長を務める「ナマハゲの里‼活発男鹿」食のモデル地域協議会の主催だ。手法が画一的で財政の制約がある行政主導では、地域の多様なニーズに応じ切れない。だからこそ行政頼みにせず、地域を支える市民や企業が担い手となり、自覚と責任を持って活動することが求められる。

　フェアの狙いは官民協働で秋田の食と観光をPRすること。6回目となる今年は今月26、27の両日、JR藤沢駅南口で開催する。国連教育科学文化機関（ユネスコ）の無形文化遺産に登録された男鹿のナマハゲと話題の秋田犬が登場。その模様を人口約150万人の湘南地域にライブで配信する予定だ。

　懇親会には藤沢市から市、商工会議所、観光協会のトップを招き、秋田の食材を使った料理を試食してもらいながらビジネスなどの情報交換を行う。さらなる交流で活性化に弾みをつけていきたい。

（地域資源の会秋田代表、男鹿市住）

2019・1・21

月曜論壇

外国人呼び込む観光資源

加《か》藤《とう》真《しん》一《いち》

男鹿のなまはげ柴灯《せど》まつりや横手のかまくらなど、2月にめじろ押しとなる秋田の冬の伝統行事は、今年も県内外から訪れる多くの観光客を楽しませた。一年中で最も寒さの厳しい時期に、先人から伝統行事を継承してきた秋田県人の雪国魂を誇りに思う。

これにいぶりがっこやなた漬け、ハタハタずし、きりたんぽ鍋などの「食」、さらには秘湯・乳頭温泉郷をはじめとする多彩な「温泉」を加えた冬の観光資源は魅力的だ。だが秋田の冬は一時期を除けば観光閑散期となり、観光関係者にとっては厳しい季節になっているのが現状だ。このため新たな魅力創出を図ることが求められている。

東北地方のインバウンド（訪日外国人客）観光でお隣の青森県が快走している。観光庁が発表した宿泊旅行統計によると、2018年1月～10月の同県の外国人延べ宿泊者数は東北で1位。官民一体で海外に売り込み、空路新設などアクセス向上にもつなげた取り組みが奏功した形だ。東日本大震災の前年の10年は東北で5位だったが、徐々に順位を上げ、宮城も抜いてトップに立ったのだから。

青森県は北海道新幹線開業をにらみ、空路と新幹線、フェリーの青森―函館航路を最大限活用して交流人口を増やす「立体観光」戦略を推進。11年には中国の有力な短文投稿サイト「微博（ウェイボ）」のアカウントを県庁に開設し、現地の旅行会社を県内視察ツアーに招いた。空路では、青森空港初の中国定期便・青森―天津線が就航。海外とのアクセスの利便性が飛躍的に高まった。

十和田湖や八甲田といった有名観光地のほか、あまり知られていないディープスポットや体験型ツアーに足を運ぶ外国人も増えている。その一つが、津軽の厳しい寒さの中で地吹雪を体験する「雪国地吹雪体験ツアー」。角巻きと呼ばれる防寒具に、もんぺ、かんじきの北国3点セットを身に着けて、辺り一面真っ白になる「ホワイトアウト」を体験するツアーだが、これが外国人にも根強い人気なのだ。

国内では魅力度ランキングが下位の佐賀県に中国人が殺到しているのも注目点だ。福岡空港に比べ利用の少なかった佐賀空港に中国の格安航空会社（LCC）が就航したのが追い風になった。最近の中国人は首都圏での爆買いツアーから離れ、今や日本人もあまり行かないような所を目指す傾向が強まっている。公害に苦しむ中国人にとって、山や田園がある地方は桃源郷のイメージ。そんな日本の田舎できれいな空気を吸う「シーフェイ（洗肺）ツアー」がトレンドになっているそうだ。

本県は19年度当初予算案に約4億6千万円を盛り込み、インバウンド誘客に向けた集中プロモーションを展開する。通年運航が決まった台湾定期チャーター便の利用促進や受け入れ環境整備のほか、県が重点エリアに位置づける韓国、中国、香港、タイには本県を巡る旅行商品づくりを働き掛けて観光振興策に一層力を注ぐ計画だという。他県に負けないようコンテンツを充実させることが大切だ。外国人を呼び込み、県内全域に恩恵を行き渡らせてほしい。

（地域資源の会秋田代表、男鹿市住）

2019・2・18

月曜論壇

観光の鍵握る男鹿線

加《か》藤《とう》真《しん》一《いち》

JR男鹿線沿線のホームでは今の時期、進学や就職に伴い若者たちが旅立つ光景をしばしば目にする。自分自身にとっても思い出が詰まった路線だ。男鹿市の自宅から秋田市の高校に向かう時や、社会人になって移り住んだ神奈川県から帰郷した時など、必ず男鹿線を利用した。

男鹿線は1913年の開業。「男鹿なまはげライン」との愛称で、午前5時台の始発から午後10時台の最終列車までほぼ1時間間隔で運行し、地域住民に利用されている。注目されるのは、JR秋田支社が今、その生活路線である男鹿線を「第二の五能線」とするべく、地域と連携しながら沿線の観光活性化に取り組んでいることだ。

2017年3月に、ナマハゲをイメージした赤と青の外観が目を引く新型蓄電池電車を運行したのはその一つ。架線のない一部の非電化区間を蓄えた電力で走り、観光客に環境に優しい路線であることをアピールしている。

男鹿駅前に昨年7月オープンした道の駅「オガーレ」の活用にも力を入れる。今月9日には道の駅を運営する株式会社おがや男鹿市と共に「冬の男鹿ぐるめマーケット」と題したイベントを行った。巨大な秋田杉で作った木おけで名物「石焼き料理」などを調理し、食べる人数のギネス世界記録に挑戦。350人と見事に記録を達成し、話題を集めた。

「男鹿のナマハゲ」が国連教育科学文化機関（ユネスコ）の無形文化遺産に登録されたことを記念し、男鹿市内6小学校の児童が描いたナマハゲの絵150点余りを車内に展示する催しも実施した。主催はJR秋田支社と市などでつくる「男鹿線沿線観光利用促進連絡会議」だ。子どもたちの地元への愛着を育む重要な取り組みである。

背景には、急速に進む人口減少がある。08年の1億2808万人をピークに減少に転じたわが国の人口は、48年には1億人を割り込むと予想されている。鉄道事業は人口減少による需要減という余波をもろにかぶり、危機にひんすることになりかねない。

JR東日本が東北で力を注ぐのが「観光」だ。観光は地域に根差す総合産業であり、裾野が広く経済波及効果が大きい。秋田支社をはじめ各支社に観光開発グループを設置し、「観光資源の発掘・磨き上げ」「受け入れ態勢整備」「情報発信」の三つに力を注ぐ。

民間シンクタンクの地域ブランド調査によると、本県の魅力度は全国20位台。だが観光庁の統計を見れば、実際に本県を訪れ宿泊した人の数は40位台と低迷している。JR秋田支社はその対策として、ブランド力・発信力の強化や点在する観光地をつなげる2次交通の整備を挙げる。男鹿はその鍵を握る観光地だ。

高齢化が進んでも、観光は伸びる。かつては廃止もささやかれた赤字路線だった五能線が今や、日本を代表する人気ローカル線だ。男鹿線にできないことはない。そのためには沿線地域が一体となって活性化に知恵を出し合う必要がある。既成概念を大幅に変える発想の転換と情熱が大前提である。

（地域資源の会秋田代表、男鹿市出身）

2019・3・25

月曜論壇

第二の人生 学び直しを

加《か》藤《とう》真《しん》一《いち》

神奈川県藤沢市から男鹿市に帰郷して今年で9年目になる。もうすぐ70歳。地域活性化に向けた活動に一緒に取り組んでいる人には、私より少し年長の、いわゆる「団塊の世代」が多い。先日も男鹿半島の西海岸を門前から五社堂にかけて熱心に清掃しているグループを見掛けたが、メンバーのほとんどは、その世代であった。

間もなく「平成」が終わり、新元号「令和」の時代が始まる。日本では、80歳以上の人口が1千万人を超えている。高齢化は、これからますます進むとみられている。「人生100歳時代」の到来である。60歳で退職した場合は、あと40年。65歳に延ばしたとしても、残り35年もある。退職後の「第二の人生」をどう生きるか、どう過ごすかは、一人一人にとって決して避けることのできない重要なテーマである。

異次元とも言うべき超高齢社会だ。老化に伴う心身の衰えを直視して健康維持に努めることが重要であることはもちろん、第二の人生を豊かにするための「学び直し」が求められる。これまで学んできた知識や仕事で身に付けた技術やキャリアがまったく通用しないこともあると心得るべきだ。自分自身と真剣に向き合い、この先の人生で何をどう学ぶか、何を成し遂げるか。前向きに取り組むことが大切である。

発想の転換が求められる。高齢化の進展に伴い、医療・年金・介護の社会的コストが増大するというマイナス面ばかりが強調されがちだが、それではあまりにも閉塞《へいそく》的だ。退職後こそ、それまで仕事で忙しくてできなかった学習や社会活動などに力を注ぐ大きなチャンスと捉えたい。行政は持続可能な社会の実現に向けて医療・年金・介護のシステム再構築に取り組む一方、高齢者が活躍できる社会づくりに向け、さらに力を入れてほしい。

そもそも、65歳以上を高齢者と呼んでいるのも、15歳以上65歳未満を生産年齢人口とする考えに基づく。これは日本が戦後歩んできた「工業生産モデル」による年齢の捉え方だ。

21世紀に入ってからは、工業生産力によって国内総生産（GDP）を高める時代から、サービス産業主体の時代に移り変わっている。この変化に社会が的確に対応できているかも、改めて問い直すべきだ。これから求められるのは、元気な高齢者の能力に光を当て、その可能性を広げていくことではないだろうか。

シルバー人材センターに企業などが派遣依頼するケースが県内で増えている。人手不足が懸念される中、経験豊富な高齢者は企業にとって貴重な戦力ということだ。高齢者にとっても、働くことは単に生活費を稼ぐというだけでなく、生きがいにつながる。働く意欲のある高齢者の活躍の場が、さらに広がればと思う。

仕事、社会貢献活動、趣味など、高齢者が第二の人生に何を求めるかは人それぞれ。個々のやる気を伸ばすよう、さまざまな面で環境を整えることが必要だ。明るい長寿社会に向かって前進する。そんな新時代を期待したい。

（地域資源の会秋田代表、男鹿市住）

2019・4・29

月曜論壇

スポーツは県民の活力源

加《か》藤《とう》真《しん》一《いち》

オープン45年を迎えた仙北市田沢湖の「わらび劇場」で、「日本女子体育の母」と呼ばれる井《いの》口《くち》阿くりをモデルにした劇団わらび座のミュージカル「いつだって青空～ブルマー先生の夢」が4月から上演されている。

井口阿くりは1871年、秋田市南通亀の町に生まれた。幼少の頃から勉学の才を発揮し、秋田県知事から特待生として推薦されて東京女子高等師範学校（現お茶の水女子大学）に入学。ズーズー弁に悩みながらも猛勉強して卒業後は教師の道を目指した。29歳で米国へ留学。女子体育教育を学び、帰国後はスウェーデン体操やバスケットボール、ダンスなどを紹介し、近代の女子体育教育の向上に尽くした。

秋田県はスポーツを秋田の活力と発展のシンボルとし、生涯を通じた豊かなスポーツライフ、競技力のレベルアップを図る目的から2009年に「スポーツ立県あきた」を宣言した。一方で観光を総合戦略産業と位置付け、観光・文化・スポーツの振興は交流人口の拡大を通じた地域活性化につながるとして、12年に知事部局に「観光文化スポーツ部」を創設した。

秋田県はスポーツ熱が盛んで、「スポーツ王国」などと称される。私自身を振り返っても、中学2年生だった1964年に開催された東京オリンピックは、本県出身選手が大活躍したこともあり、鮮烈に覚えている。体操の男子個人総合で遠藤幸雄選手が、最終種目のあん馬で足を引っ掛けた時は目の前が真っ暗になり、優勝が決まった瞬間は家族で万歳を叫んだ。

その年の秋に遠藤選手が、私の母校である男鹿市の旧北磯小・中学校を金メダルを下げて訪れ、古い木造校舎の体育館で美しい見事な倒立の演技を披露した姿は、今でも記憶に深く残っている。

スポーツ好きな県民性の背景には、地域コミュニティーが機能していることがあるようだ。国の重要無形民俗文化財に指定されている行事をはじめ地域のお祭りが多く、スポーツチームも多数に上る。高齢者も楽しめる「500歳野球」が盛んであることは、その表れだ。

地域の人々がスポーツという共通の切り口でまとまることは、健康づくりやコミュニティーの形成にもプラスになる。スポーツ振興は地域づくりの有効な手段と言える。交流促進につながる大きな要素となり、単に大会を開催して観客を呼び込むことにとどまらず、スポーツ・ツーリズムという観点でも期待できる。

昨年夏の全国高校野球大会で準優勝を果たした金足農の活躍が思い出される。激戦に次ぐ激戦を制した快進撃は県民を盛り上げ、地域経済の活性化をもたらした。これこそスポーツの力の証明である。

冒頭のミュージカルに関し、一人でも多くの子どもたちに観劇してもらい、「スポーツ王国あきた」への誇りと自信を胸にオリンピックイヤーを迎えてほしいとの願いから、わらび座が小中高校の観劇に交通費の一部を負担する支援事業を展開していることも付け加えておきたい。スポーツ振興は「元気な秋田」の活力源である。

（地域資源の会秋田代表、男鹿市住）

2019・5・27

月曜論壇

クルーズ船は宝船

加《か》藤《とう》真《しん》一《いち》

4月22日に東北で初めて、世界的に有名な豪華客船「クイーン・エリザベス」が秋田港に寄港した。ターミナル内では記念式典が開かれ、竿燈の妙技やなまはげ太鼓などで乗客約2千人を歓迎した。

今年は、乗客定員が3200人余りと世界最大規模の「MSCスプレンディダ」が6回寄港するなど、秋田港、能代港、さらには私が住む男鹿市の船川港の県内3港を合わせ、過去最多となる計28回のクルーズ船寄港が予定されている。実ににぎやかである。

船川港には来月5日に「飛鳥II」の寄港が予定されている。同港では先月から、西海岸周遊クルーズとして船川港から門前港（五社堂）、さらには男鹿水族館GAOを巡るルートを観光遊覧船「シーバード」が就航しており、寄港する乗客にはぜひ楽しんでもらいたい。

秋田港はクルーズ船の来港数が港湾別で仙台港を上回り、東北では青森港に次いで2番目に多い。以前はクルーズ船が来る度に仮設テントを設置して土産物を販売していたが、県が昨年春にクルーズ船乗客の待合室を備えたターミナルを整備し、土産品の販売もそこで行われるようになった。

また、JR東日本が秋田港駅から秋田駅まで「クルーズ列車」を走らせたことで、乗客は秋田駅からバスや鉄道で乗り継ぎ、目的地までスムーズに行けるようになった。この取り組みは他に例がなく、全国的にも注目されている。

クルーズ船の来港を将来にわたり観光振興につなげるためには、何よりもきめ細かなおもてなしが求められる。

乗客のほとんどが日本人の場合と外国人の比率が高い場合があることに注目したい。この客層の違いを見極め、それぞれのニーズに合わせたおもてなしを提供できるかどうかが鍵を握る。乗客が全国の港を巡っていることを踏まえ、他の港と同じようなサービスは避けたい。寄港する前に、秋田の豊かな自然や食、歴史文化に関する案内情報を船内で事前PRすることも大切である。

クルーズ船が食事やショッピングなど直接的な経済効果のみならず、交流人口の増加を生み出す点に目を向けたい。寄港の際に市民ボランティアが英語を駆使した現地ガイドを行って乗客と触れ合ったり、学習の一環として高校生が観光案内を務めたりしているが、こうした取り組みは実に喜ばれる。

本県には世界遺産の白神山地があるほか、男鹿市に行けばユネスコの無形文化遺産に登録された「男鹿のナマハゲ」の文化の一端に触れられる。クルーズ船寄港地からのアクセスも良く、一つのクルーズ船の旅で世界遺産と無形文化遺産の観光ができるのは強力なツールとなる。

クルーズ船のおもてなしはさまざまな可能性を秘めている。行政と観光業界、地元住民が互いに情報共有し、クルーズ関連ビジネスのプランを創出して秋田を盛り上げる必要がある。

期待したいのは行政主体ではなく、民間主導でクルーズ船ビジネスを発展させることだ。地方にとって、クルーズ船は大きな宝船である。

（地域資源の会秋田代表、男鹿市住）

2019・7・1

月曜論壇

元気を生むロックフェス

加《か》藤《とう》真《しん》一《いち》

「男鹿ナマハゲロックフェスティバル」が男鹿市船川港内特設ステージで先月26～28日の3日間にわたって開催された。例年は2日間だが、野外開催10回目を記念して1日増やした。県内外から延べ約1万7千人のファンが集まった。

ロックフェスは実行委員長を務める菅原圭位《よしみ》さんが発案し、2007年に始めた。口コミで魅力が広がり、徐々にファンが増えた。目的は男鹿を元気にすること、そして地域の人々の郷土愛を育むことだという。ノウハウがなく、資金が乏しいにもかかわらず、これだけ大きなイベントに成長させたのは見事である。

菅原さんは高校卒業とともに男鹿を離れ、20代で米国に渡った。30歳を過ぎて帰郷したとき、母校の小学校も中学校も既に閉校となるなど男鹿は少子化で活気を失っていたという。この停滞した状況を何とか打開しようと思い付いたのが、渡米中に知り合ったミュージシャンの人脈などを頼りにロックフェスを開催することだった。

だが、道のりは平たんではなかった。地元の若手経営者に提案したところ、皆が皆、賛成というわけではなかった。「大賛成」「やるなら手伝う」「絶対反対」の三つに反応は分かれた。それでも趣旨に賛同する有志を集めて実行委員会を組織し、07年に初フェス開催へとこぎ着けた。

野外ではなく、男鹿市民文化会館の小ホール。観客わずか約350人からのスタートだった。08、09年と同じ会場で行ううちに評判を呼び、10年夏に、ついに目標としていた野外フェスに発展させた。

会場は男鹿総合運動公園の野球場。ここに特設ステージを設け、名の知れたアーティストをそろえた。ところが目標の5千人には届かず、小ホールを会場にしていた当時とは桁違いの大赤字を抱えることになった。

課題の一つに「男鹿は遠い」と思われていることがあった。このため、少しでも来やすくするよう、11年に会場を船川港埠《ふ》頭《とう》に移した。JR男鹿駅から徒歩10分と近い。駐車場も会場に隣接する敷地にあり、徒歩数分でゲートまでたどり着ける。アクセスの良さは、ファンには大きな魅力となった。

海に臨むステージは音の響きも良く、アーティストには気持ちよく演奏できると好評だ。「また男鹿でやりたい」との声は多い。音響設備などプロが満足するステージ環境を用意して信頼を得た結果である。

男鹿市にロックファンが多いというわけではない。むしろ少ない方だろう。それでも生まれ育った古里を活気づけるという信念を持って、できるだけ多くの人を呼び込もうと果敢に挑戦を続けた。そのチャレンジャー精神なくして、今回の3日間で集客1万7千人という結果は生まれなかった。

既存の価値観を打ち破って行動するのがロックの精神だとすれば、菅原さんはまさにそれを体現した。経済効果も大きい男鹿の名物に育て上げたのだから。地域の力を結集すれば、新たな道が開くということを、あらためて証明してくれたと言えよう。

（地域資源の会秋田代表、男鹿市住）

2019・8・5

月曜論壇

秋田の水産を考える

加《か》藤《とう》真《しん》一《いち》

「第39回全国豊かな海づくり大会」が今月7、8の両日、秋田市で開催される。わが国の漁業振興を図るとともに、水産資源の保護・管理などの大切さを訴えるため、全国の漁業関係者が一堂に集まる。本県の水産漁業の現状と課題について考える機会にしたい。

日本海に面する本県の海岸線の延長は260キロ余り。県北部と男鹿半島および県南部の一部は漁業に適した岩場だが、大部分は平坦な砂浜となっている。約150種の魚介類が取れる一方で盛漁期が比較的短く、漁獲量は少ない。平成に入ってから一貫して減少。2017年度の本県の漁業産出額は30億円にとどまり、全国では下位に甘んじているのが現状だ。

農林水産省の18年漁業センサスによると、県内の漁業就業者数は773人と前回調査の13年から238人減り、過去最少を更新。年代別では60歳以上で7割超、70歳以上でも4割を超えている。高齢化が進んでおり、漁業者の担い手確保と育成は急務である。

本県の海では何が取れるのか。漁獲量の上位は17年度でブリ類、カニ類、ハタハタなどとなっているが、近年特に、県魚であるハタハタの漁獲量は低迷しており、男鹿の落ち込みが目立つ。

原因を探るため、海の森づくり推進協会県支部長を務めていた5年ほど前、ハタハタの産卵場である男鹿市北浦の相川港で藻場調査を実施したことがある。分かったのは、藻場の少なさだった。

県や県漁協でつくるハタハタ資源対策協議会によると、18年漁期（18年9月～19年6月）の漁獲量は実質的に漁が終わった2月末時点で605トンと漁獲枠（800トン）の76％にとどまった。県水産振興センターは「日本海北部の資源量は増加傾向にはなく、漁獲を抑える方策が必要」との見解だ。資源回復に、関係機関は力を合わせて取り組むべきだろう。

北海道の石狩湾では、ニシンが1990年代後半からじわじわ増えているという。北海道のニシンの漁獲は明治の最盛期の年間約100万トンをピークに減り続け、ほぼ底をついた状態だったが、現在は1万トン近くまで回復している。

石狩でニシン復活を望む声が上がり、96年から12年間にわたり北海道主導の「日本海ニシン資源増大プロジェクト」が展開された。人工授精で育てた稚魚の放流が目玉だった。その後も地元漁協が中心となり、漁網の目を粗くして小さなニシンを取らないようにする自主規制に取り組んできた。回復はその結果である。

本県の漁獲は少量多品種のため、市場では取り扱いにくい面がある。だがハタハタ以外にも男鹿のマダイや北限のフグ、さらには鳥海山や白神山地の伏流水で育った岩ガキなど、人気ブランドは少なくない。

他県では見向きもされなかった海藻ギバサが健康ブームに乗って注目度、売り上げともに急上昇しているのを見ても、本県の水産業には大きな可能性があるといえる。秋田の豊富な海の幸と食文化を次世代に継承していきたい。

（地域資源の会秋田代表、男鹿市住）

2019・9・2

月曜論壇

広めたい秋田のそば

加《か》藤《とう》真《しん》一《いち》

10月はソバの収穫期だ。各産地で「新そば収穫祭」が始まる時期でもある。羽後町や横手市山内、能代市鶴形などでは、地元で採れたさまざまな秋の味覚を交えた地域おこし行事にもなっている。

ソバはやせた土地でも育つため、全国各地で栽培されている。農林水産省の統計で、本県の2017年のソバ作付面積は07年からの10年間で2・6倍に増えて3730㌶に上り、全国5番目だ。だが10㌃当たりの収量となると35番目にとどまる。ソバは過湿に弱く、水田から転用した土壌で育てるには排水対策や塩害対策など課題は多い。その中で多くの県産ソバ生産者が高い志を持ち、前向きに取り組んでいることを記しておきたい。

県内のソバ生産者でつくる団体に「県そば生産者連絡協議会」がある。羽後町の農業法人「そば研」代表の猪岡専一さん(72)が各地のソバ生産者に呼び掛けて3月に発足させた。設立総会には約70人が参加し、初代会長に猪岡さんが選出された。

私が代表を務める「おが東海岸推進協議会」も男鹿市男鹿中浜間口地区でソバ作りを進めて「浜のそば」を開店しており、協議会に加わった。協議会には現在、22団体、2個人が加盟している。

秋田のそばにも古い歴史がある。羽後町西馬音内では江戸時代から、寒い冬でも「冷やがけそば」を食べてきた。今も「弥助そばや」などがその伝統を引き継ぎ、県内外からファンを集める。

地元産のソバを使うことで、西馬音内のそばをもっと広めようと立ち上がったのが猪岡さんだ。稲作農家だったが、米の消費量減少に伴う減反政策や後継者不足から、耕作放棄地が増え続けることに危機感を抱いた。1997年ごろにソバへの転作を始め、「おいしいそばどころにはソバ産地がある」との思いから「羽後町そば栽培研究会」を立ち上げた。そば研の前身である。

ソバは鳥海山系の山々を源とする川から湧き出る伏流水など自然の恵みをいっぱいに受けて育っている。玄ソバと呼ばれる皮付きの実をひいて、打って、ゆでた西馬音内そばは、香りと甘さ、風味を兼ね備えたコシの強い麺だ。

猪岡さんは自宅を改装して2001年にそば店「彦三《ひこさ》」を開業した。耕作放棄地を借り上げて規模拡大に努め、ソバを生産するだけでなく、県外の製粉業者に加工を依頼してチェーン店にそば粉を販売するなど、経営者として手を広げていった。児童らを対象にしたそば打ち体験実習や福祉施設へのそばの無償提供も行っており、「農地を守る・里山を守る・農地を次世代に残す」との理念の下、奮闘中である。

岩手県には日本三大そばの一つに数えられる「わんこそば」があり、山形県には「そば街道」と呼ばれる地域が三つもある。本県でも猪岡さんをはじめ協議会メンバー一同、秋田のそばをもっと有名にしたいと意気込んでいる。

将来は県独自の品種を誕生させ、そばで秋田の農業を活性化させたい。そんな夢も膨らませている。

(地域資源の会秋田代表、男鹿市住)

2019・10・7

月曜論壇

秋田の再生願うばかり

加藤《かとう》 真一《しんいち》

今年も余すところ2週間になった。2017年10月30日付を皮切りに、秋田への思いを執筆する機会を与えていただいたことに感謝する。今回が私の最後の「月曜論壇」である。

第二の人生を「秋田の再生」にささげようと9年前に帰郷した私にとって、月曜論壇は学びの場であった。中でも北都銀行会長だった故町田睿《さとし》さんが熱く訴えていた「山形のおしんの精神に学べ」などの教えは強く胸に刻まれており、地域活動の指針となっている。亡くなる1年前に東京で食事を一緒にする機会があり、秋田弁を交えて「ふるさと秋田」を語り合った。それだけに私が本欄に執筆できたことは感慨深いものがある。

東大入試が中止になった1969年3月、私は大学進学のために上京した。学園紛争が吹き荒れる中、研究テーマに選んだのは「地方自治」と「教育」。70年代は地方の時代が叫ばれ、神奈川県を中心に「地方分権」や「住民参加」を掲げる革新自治体が誕生した。湘南の中核都市・藤沢市もその一つ。「地方自治を学びたいなら藤沢市がいい」とゼミの教授から勧められたこともあって住むようになったが、現在も暮らしやすい街として人口が増え続けている。

一方、本県は全国トップの少子高齢化県であり、若者の県外流出が止まらない。その中でいかに地域活性化を図るかは、帰郷後のライフワークとなった。秋田の豊かな自然や恵まれた食、温かい人情、伝統ある郷土芸能と文化。こうした地域資源を磨き上げて秋田の強みを全国に発信しなければと行動を起こした。

私自身の強みはといえば、30年近く暮らした藤沢市での人脈と経験だ。それを生かして「秋田の再生」につなごうと思い、「秋田―湘南プロジェクト」を進めた。その結果、北秋田市出身の作曲家成田為三と幼少期を藤沢市で過ごした作詞家林古渓《こけい》の「浜辺の歌」が2016年12月から、藤沢市にあるJR東海道線辻堂駅の発車メロディーに使用されるようになった。

今年で6年目を迎えた1月末にJR藤沢駅で行う「秋田の食&観光フェアin湘南」は試行錯誤の連続。地元の民間業者をはじめ、県や男鹿市、秋田内陸縦貫鉄道などと連携して実施してきた。まさに官民が一体の取り組みである。

17年9月には地元の男鹿市男鹿中浜間口地区に手打ちそば店「浜のそば」が開店。私が会長を務める「おが東海岸推進協議会」は半島北東部を「東海岸」と名付けて新たな観光スポットにするための活動に取り組んでおり、その一環だ。

地方創生が叫ばれて久しい。本県が直面する人口減少と超高齢化への取り組みは待ったなしである。昔ながらの地域には「つながり」の価値があり、今のコミュニティーには「そこに行ったら何か面白いことが待っている」という楽しさがある。これからも地域課題を「自分ごと」として捉え、地域のプレーヤーとして主体的に動いていく姿勢を大切にしたい。

この2年間、多くの読者からメールや電話で感想や意見を頂いたことに、深く感謝とお礼を申し上げます。

（地域資源の会秋田代表、男鹿市住）

2019・12・16

おわりに

自叙伝とは、自分の生い立ち・経歴などをありのままに自分で書いたものを言う。著者自身が経験、見聞きした事件を家族的・社会的背景のなかで時代を追って語りながら自己反省や感想を交えて記述するものである。

秀れたものは文字として価値を持ち、キリスト教的自己反省、近代的個人主義などから自叙伝の成立を促進することになった。

ローマ帝国時代のカトリック司教アウグスティヌスの『告白』では「若い頃に遊びまくって放蕩の限りを尽くしたが、罪を持っているからこそ人間は救済される」と述べている。またアメリカ建国の父と呼ばれるベンジャミン・フランクリンは「今日できることを明日に延ばすな」と残した言葉は有名だが、アメリカ人の独立独行の精神を「自叙伝」で語っている。

さて私の七十三年間の人生をタイムトンネルのようにさか遡って行くと身体の中に記憶のコアな部分が甦えってくる。それは一本の映画フィルムのように映し出される。それを文章化したのが、この自叙伝と言えよう。しかし「人は時代の子」であり自分の人生に深く影を落としている時代背景が分かち難く入っている。特に高校三年生の東大安田講堂事件や全共闘運動は衝撃的なものだった。就職活動もせず、先行の見通しのない状況で、私を支えたのは「お天道様と米の飯はついて回る」と江戸幕末に活躍した長州藩士・高杉晋作の「おもしろきこともなき世をおもしろくすみなすものは心なりけり」だった。

社会に出てからは「邂逅」という言葉に尽きる。「人生で会うべき人には必ず会わされる。それも一瞬たりとも早すぎもせず、遅すぎもせず」この偶然の出会いが必然の出会いになっていることだ。大学時代に会った小田実氏、久野収氏、私に藤沢行きを勧めた政治学者の篠原一教授、退職後は狭い教員生活から広い世間に導いた地域資源の会の斉藤温文氏、秋田と湘南を結ぶ「秋田の食と観光フェア」では藤沢市長の鈴木恒夫氏、『浜辺の歌』では、北秋田市長の津谷永光氏、藤沢側では辻堂駅一〇〇周年記念実行委員会の代表、山田栄氏と本部長の永井洋一氏の出会いがなかったら実現しなかった。秋田側では、県庁の堀井啓一副知事はじめ歴代の秋田地域振興局長とスタッフの皆さん、それに採算を度外視して手弁当で藤沢の「秋田フェア」に参加した、にがり米愛好会の大越昇代表以下三名の生産者にはただ頭を垂れるしかない。

最後に私がめざした地域活性化活動である「おが東海岸」「浜のそば」など一連の活動を大きく報道して頂いた秋田魁新報男鹿支局長だった佐藤勝さんと三浦ちひろさんには深く御礼を申し上げます。この二人の報道がなければ実現しなかったと思います。新聞・テレビ等のマスコミの力はそれだけ大きいと言えます。

七十三歳までの「自叙伝」を起点として、今後さらに精進することをお誓いしてペンを置きます。

本当にお世話になった多くの皆様に感謝と御礼を申し上げます。

著者紹介

加藤　真一（かとう しんいち）

1950年秋田県男鹿市生まれ

秋田南高校から上智大学法学部卒業

神奈川県藤沢市で教職に就き、市立鵠沼小学校長退職後に帰郷

地域資源の会・秋田代表　おが東海岸推進協議会会長

海の森づくり推進協会秋田支部長

「浜のそば」共同代表など

我が人生の歩み

発行　令和六年十一月二十三日 初版発行

著者　加藤　真一

発行所　イズミヤ出版

秋田県横手市十文字町梨木字家東二

電話　〇一八二‐四二‐二一三〇

印刷製本　有限会社イズミヤ印刷

秋田県横手市十文字町梨木字家東二

電話　〇一八二‐四二‐二一三〇

HP：https://www.izumiya-p.com/

✉：izumiya@izumiya-p.com

ISBN978－4－904374－53－5　C0023